云边有个小卖部

Moments
We Shared

张嘉佳 著

湖南文艺出版社
HUNAN LITERATURE AND ART PUBLISHING HOUSE

博集天卷
CS-BOOKY

Preface

前言

谢谢你能购买这本小说。

如果你有时间打开，

那请给我一个机会，

陪伴你度过安静的阅读时光。

那么热的夏天，

少年的后背被女孩的悲伤烫出一个洞，

一直贯穿到心脏。

Moments
We Shared 云边有个小卖部

Moments
We Shared　云边有个小卖部

山这边是刘十三的童年，

山那边是外婆的海。

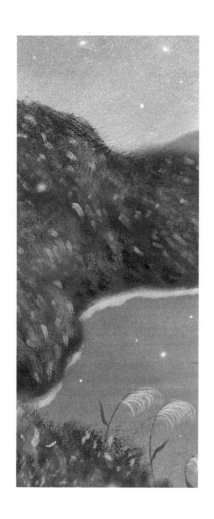

这是最动人的夏夜，
谁也不想说话。

Moments
We Shared　云边有个小卖部

如果这样能让王莺莺开心的话，
以后每年中秋，他还是回来好了。

路灯打亮飞舞的雪花，爆竹震天响。

小孩子成群结队，提着花灯，到处拜年。

Contents

目录

"王莺莺，为什么天空那么高？"

"你看到云没有？那些都是天空的翅膀啊。"

Chapter

1

山野，桃树，王莺莺

1 /

初夏的屋檐下，刘十三嗑完一捧瓜子，和外婆说："感觉有人在想我们。"

外婆说："想有什么用，不给钱就是王八蛋。"

满镇开着桔梗，蒲公英飞得比石榴树还高，一直飘进山脚的稻海。在大多数人心中，自己的故乡后来会成为一个点，如同亘古不变的孤岛。

外婆说，什么叫故乡，祖祖辈辈埋葬在这里，所以叫故乡。

山间小镇，仿佛从土地里生长出来。高考离开故乡至今，除了过年，刘十三没有回来过。外婆全名王莺莺，自家院门口开了个小卖部，一开几十年。她穿着碎花短袖，白头发拢成一个髻，胳膊藏进套袖，马不停蹄忙东忙西。

气温上升，小卖部啤酒销路特别好，她垒起一箱箱啤酒，擦擦汗说："你干不干活，不干活杀了你。"

刘十三惆怅地说："你们山野之地，我待不下去。"

王莺莺说："保险卖得怎么样，挣到钱没有？"

刘十三叹气："挣钱不重要，我那叫创业。"

院中间一棵桃树，树底下的王莺莺拿起笤帚，哗哗扫地，斜眼看着他："要不这样，我把房子卖了，支持你创业。"

刘十三抱住她："外婆，我爱你。"

外婆一脚踢开他："走走走。"

刘十三问："中午吃什么？"

外婆点着卷烟，说："谁他妈管你饭，出去挣钱。"

六月早蝉，叫声很细密，若有若无的，像刚起床时的耳鸣。外婆从院门探出脑袋，说："多挣点，我晚上招待客人，喝两杯。"

王莺莺喝酒，两杯是打不住的。昨晚她起码喝了二十杯，醉醺醺地呵斥他："失恋有什么了不起的，再找一个不就行了！"

刘十三说："但我还没忘记她。"

外婆同情地抱住他的头，温柔地说："人家抛弃你很正常啊，你丑。你忘不掉人家很正常啊，她美。哭吧哭吧外婆疼你，外婆倒霉。"

刘十三挣扎了一下，发现外婆抱得很紧，于是伸手摸到酒瓶一口吹掉，在外婆怀里睡着了。

外婆应该不记得昨晚发生了什么，依旧精神矍铄。刘十三被端出家门，回头一望，半棵桃树高出院墙，门头挂着破旧的小卖部招牌，背景是远处的白云青山。

刘十三无可奈何。前几天，他还在城市打拼，结果失恋加失业，无比悲伤。王莺莺拎着两壶米酒跑到他住的地方，把他灌醉，拖了回来。

七十岁的老太太，开拖拉机一来一去两百公里，车斗里绑着喝醉的外孙。王莺莺自己也感慨："路太颠簸，傻外孙跟智障一样，一直吐。动不动就下车替他擦。艰难，辛苦。"

刘十三醒来，目瞪口呆地发现，自己居然身在山中小院。千辛万苦离开故乡，要打出一片天下，想不到被王莺莺用一辆拖拉机拖回云边镇。

这座小院装着刘十三的童年。放学之后，他问过外婆很多问题。

小孩子问："王莺莺，为什么天空那么高？"

老太太回答："你看到云没有？那些都是天空的翅膀啊。"

不知道什么时候起，很多事情已经很多年。

2

从小到大，外婆为他交学费，而外婆的收入，来自莺莺小卖部。打他记事起，外婆就叼着卷烟，开一辆拖拉机纵横山野，车斗里载着批发来的货物。

童年时代，刘十三痛恨外婆的事情数不胜数，最主要的三件：第一，零花钱给得少。第二，麻将打得多。第三，不尊重他的个人梦想。

每次他说"别打麻将了，钱省下来给我，让我实现梦想"，便招来外婆的质疑："你才四年级吧，能有什么梦想？"

刘十三说："考取清华北大，远离王莺莺，去大城市生活。"

外婆听到这儿抄起菜刀，追杀一条街。刘十三爬到树上，严肃地说："王莺莺我告诉你，你必须尊重我的梦想。"

外婆说："想学你妈，不吭一声往外跑，就不乐意跟我一块儿过是吧？"

刘十三说："我不学我妈，我给你寄钱，十万八万的小意思！"

外婆一刀劈在树干："我等不到那天，你先把去年的压岁钱交出来。"

刘十三一愣，哭得撕心裂肺，大喊："这他妈太不要脸了！我不要念小学了！我要直接考清华北大，我要直接娶老婆生娃！"

十四年前，外婆还会收到信。她不识字，然而也不交由刘十三读，就和几件首饰一起，藏在饼干盒子里。当时刘十三因为好奇，偷瞄了信封，按照上面的地址，也写了封回信过去。

他写得很简单：你好，我叫刘十三，王莺莺的外孙，我们生活得很惨，给点钱花花。

自此，他比外婆更积极地等待回音。

小镇街道中心，是供销所旧址，后来改成基督教堂。门口竖着邮筒，正对包子铺。刘十三斜背书包，问邮递员老陈："有我家的信吗？来了你直接给我，别给王莺莺。"

老陈问："为什么？"

刘十三说："你年纪大了别问那么多，我给你分红。"

刘十三等了一个学期，过年趁着外婆喝醉，打听对方到底是谁，有没有可能寄钱。

外婆突然哭了，刘十三手忙脚乱，替她擦眼泪，说："王莺莺，你不要哭，我长大了去大城市生活，到时候我给你寄钱。"

老陈死了后，再没有新的邮递员，邮筒也开始看不见，人们很少用钢笔写字。无论谁摊开一张信纸，写上三个字，我爱你，都或许是二十一世纪最后一封情书。

刘十三也写过一封，四年级暑假补习，夹在女同学程霜的语文课本中，字不多：我觉得你比罗老师好看，吃话梅吗？

罗老师是班主任，二十多岁的青年女性，程霜的小姨。次日上课，她拧着刘十三的耳朵拖进办公室，和颜悦色地问："你觉得我好看吗？"

刘十三斩钉截铁地说："丑到爆胎。"

办公室哄堂大笑，教数学的于老师凑过来问："那我呢？"

刘十三犹豫了一会儿，说："罗老师可能要打我了，帮帮我。"

于老师说："她打你是必然，现在就看我要不要打你。"

刘十三说："你比她年轻，丑得有限。"

于老师说："去走廊，贴着墙，站到放学。"

刘十三说："你不问问我对校长的看法吗？"

办公室众人纷纷停下手中事，目光像探照灯一样笼罩住他。他吐了口口水，说："这孙子很没劲，暑假补习来这么多人，跟正常上学有什么区别？"

结果他就从教师办公室，被拖进了校长办公室。

校长倒了杯茶，刘十三举起来喝，校长震惊地看着他："这是我给自己倒的。"

刘十三吹开茶叶，尝了一口，咂咂嘴说："苦不拉唧的，有钱人都喝橘子水，那个甜。"

校长敲敲桌子："十三啊，你情书写得不行。"

刘十三鄙夷地瞥他一眼："我把校图书馆的书都看完了，你凭啥质疑我的文学素养。"

校长嘿嘿一笑，给他一本破烂的书，封面烫了好几个洞，四个楷体：人间词话。

刘十三翻了翻，头颅嗡一声响，竖排文言文。

校长说："过几天我考考你。"

刘十三脑子飞速转动，说："一九九七，香港回归。"

校长说："你提这茬干啥？"

刘十三声色俱厉，大声说："香港回归，天下大同，你这个封建余孽还在读繁体字，是想造反吗！"

校长默默放下茶杯，把书放进刘十三怀里，抚摸着他的头发，认真地说："你好好读，用心读，小赤佬，读不懂老子活活弄死你，滚。"

3

刘十三出生在云边镇，是王莺莺的外孙，属于小卖部继承人。班上女同学流行写日记，王莺莺专门批发两箱花花绿绿的日记本，刚开学就卖光了。那些女同学把日记本贴身带着，好像里面真的充满了秘密似的。

刘十三对此不屑，谁有他的本子秘密大。具体来说，不能算是个本子，他用东信电子厂的内部稿纸拼起来的。打开第一页，是妈妈曾经留给他的话，他一笔一画抄得仔细：

别贪玩，努力学习。长大了考清华北大，去大城市工作，找一个爱你的女孩子结婚，幸福生活。

自第二页始，童年刘十三写下自己的计划：

背所有课文，背不出来拼命背。

学会做应用题。

提前阅读初中课本。

期末考试进前十。

一行一行，如同一首永远写不完的诗。完成其中一条，他就打个钩。

四年级期末考结束，光头校长在旗杆下擦擦汗，说："祝大家欢度暑假！"满场学生一哄而散，校长咂咂嘴："册那，我才说完开场白。"

唯一没溜走的是刘十三。他划掉"期末考试进前十"，吹吹笔尖，好像铅笔是枪管似的，接着添加今天的计划：1. 帮外婆送货。2. 完成作业并背诵二十个单词。

写完，刘十三骑上小巧的女式自行车，加速一蹬就往镇外赶去。

穿过水车石桥，到了香樟夹裹的小道，迎风下坡。在他面前，是广阔的天，疏淡的云，流淌的植物海洋。

小小少年感觉壮美，暗道我了个锤子，怎么田里还有个窟窿。

一望无际的稻穗摇摆，像这片土地耀眼的披肩。临道一小块早割的稻田，如同沙发上被烫出的烟洞。

窟窿内战火纷飞，王莺莺支了张桌子正跟三人疯狂搓麻将，战友分别是罗老师、毛婷婷和刘十三的小学同桌牛大田。

刘十三暗忖，外婆午间交代，让他放学了送方便面到农田，当时不理解什么含义，以为外婆改行务农，现在发现，原来是她自己订的货，可谓自食其果。

打麻将为何要到田里，稻子为何只收了一小块，应该是外婆的自由发挥。

刘十三飞驰到麻将桌边停车。

"五筒！"十一岁的牛大田圆滚滚，蹲坐板凳，胖脸严肃，扔牌。

"碰！"王莺莺鹰击长空，爽朗地笑，"十三还是有狗屎运的，你一来我就听张。"

刘十三没有抬眼，从车后座的塑料筐里拿出泡面、热水瓶。他的计划非常完整，外婆叮嘱放学后送货，任务已经完成，只需要放下货拿到钱，随后立刻回家温习。

想到二十个单词躺在书上等着他去背，学习是多么令人快乐，他热情澎湃。

撕调料包，泡面，拿土疙瘩压住盖子，刘十三一气呵成。至于眼前的罗老师、牛大田、毛婷婷什么的，他假装没看到。

试想，倘若他打招呼"罗老师好。婷婷姐好。牛大田你放假怎么不回家？"，势必有人回"十三你今天怎么样？哎哟，又长高啦。我爸我妈在打架我不能妨碍他们"等等，废话接废话，无穷无尽，说着说着年华老去。

刘十三不开口，但毛婷婷这个人就很可气，完全没接收到他散发的信息。她不肯安静吃面，非要打招呼："十三，你吃过了没有？"

刘十三只好说了一句："没有。"

"那坐下来一起吃？"

毛婷婷扯个扎好的稻草把子，扔地上热情地拍，示意他来坐："我分你一半，你喜欢什么口味的？哦，你们只有红烧牛肉，你是不是天天吃？"

刘十三长叹一声，正待细细回答，牛大田也不甘寂寞，捧着泡面，滚圆的身子往他旁边咕噜一拱："哎，看到那棵树上的麻雀窝没有？"

啊？麻雀窝？为什么要聊麻雀窝？

刘十三刚开始崩溃，罗老师接过了话头。

"别浪费时间！毛婷婷，轮到你了，你打哪张想好没有？"

刘十三投去感激的眼神，罗老师微微一笑。她了解这位同学，有次看到刘十三从厕所出来，赤裸上身，满脸通红。

她当时问："你跌进了粪坑？"

刘十三颤抖："我只是忘记带纸。"

她又质问："那你居然用衣服！你手里拿着的不是纸吗！"

刘十三大惊，抬头看着她寒声道："我在预习初中课程，这可是元素周期表！"

知识之光照彻灵魂，罗老师当场发现自己失去了教师的威信。

经过观察，罗老师发现了刘十三更多奇异之处，例如他从不玩拍纸片，对连环画嗤之以鼻，家里坐拥小卖部，却连个变形金刚都没有。

罗老师二十年青春，没见过如此自律的生物，从此对该十岁的少年充满敬畏，觉得这孩子的童年算是毁了。

当然毁掉的孩子不止一个，此刻跟她一起拼麻将的小胖子牛大田，明明也是四年级，依旧打得一手臭牌，那张五筒丢得毫无灵性，以后绝对不会有什么出息。

想到这里，人民教师罗素娟黯然挥手："十三你回去吧，暑假作业够不够？不够我再给你加点。"

牛大田没听清，凑近大喊："什么东西？我也要。"

罗老师回："作业。"

牛大田摇着头赶紧挪开："作你娘，我不要。"

刘十三恳切回答："你的作业太简单，我也不要，谢谢老师。"

罗老师心态糟糕，吸口气摸张牌，随后就丢："幺鸡。"

毛婷婷小声问："不是轮到我吗？"

罗老师一拍桌子，暴怒："轮到你就轮到你！我把牌拿回来还不行吗！"

王莺莺大叫："幺鸡不能收回去！我胡了胡了！"

牛大田狂吼："玩球！必须收回去！老太婆有三个花！要死人的！"

四人打成一团，刘十三偷偷摸摸一路小跑，奔向女式自行车。挺好的，他们在遥远的田里耍麻将，而他会钻进知识的国度，做个熠熠生辉的王子。

"那我换九条！"

"九条也胡了！给钱给钱！"

刘十三刚走到田埂，背后传来王莺莺的嚣叫："站住！我跟你一起走！"

刘十三猛回头，稻田里已经炸锅，罗老师按住桌板："不能走，赢了别想跑！"牛大田不依不饶，从其他人的泡面汤中捞着什么。毛婷婷则还在思索："怎么会有五张九条呢？没道理的……"

王莺莺一溜烟超过刘十三，跃上拖拉机，黑烟冒起："我到前面路上等你，你快点去抢桌子。"

话音刚落，拖拉机突突而去。

等刘十三顶着桌子狼狈地跳上拖拉机，再将自行车拉入车斗，天色暗成淡蓝，远处群山如黛，透过墨色林道，能看到镇上灯光依次亮起，炊烟熏红了晚霞。

"王莺莺，你干吗要跟我一起回去？"

"天黑看不清牌。"

"瞎说，我现在还看得清课本。"

刘十三努力在拖拉机车斗中保持平衡，用那张小桌子做试卷。

"你不是还没吃饭，莴苣炒肉，吃不吃？"

"你开稳一点！"刘十三手一抖，把一个三角形画成了心。

"我这个技术你放心，你知道的，我以前是三八红旗手。"王莺莺大笑一声，两脚齐踩，拖拉机如同奔跑的野牛。

车斗中的刘十三头晕眼花，恍惚看到星辰从天幕依次登场，他想着可能就是闲书上说的幻觉。幻觉很好，做梦也很好，一切远离现实的都很好。

总有一天，他会忘记泥土的脚感，忘记现在纷飞的草叶。因为他将按照计划好好学习，三年初中，三年高中，然后上北大清华，到妈妈说的大城市去。

他要看看，那个大城市是不是真的美得不像话，比院子里那棵桃树还美，美到去了就再也不想回来。

而现在，暑假开始了。过几天，刘十三会碰到一个女孩，名叫程霜。

童年就像童话，

这是他们在童话里第一次相遇。

那么热的夏天，

少年的后背被女孩的悲伤烫出一个洞，

一直贯穿到心脏。

Chapter

2

喂，打劫

1 /

　　从莺莺小卖部出发，经过理发店、澡堂、小白楼，再左拐，河沿石板路走一段，电影院旁边就是罗老师租的房子。

　　当初罗老师抵达小镇，学校安排她住教工宿舍。此人比较时髦，说要建造自己的乌托邦。没过几天，选中原先油漆店的铺子，搞咖啡厅失败，搞酒吧失败。

　　她锲而不舍，导致赔个精光，房子租约没到期，索性住在那儿，把吧台当成床头柜。罗老师痛定思痛，回到常规思路，最后搞个补习班，总算苟活了一门副业。

　　无论罗老师如何看待他，童年的刘十三还是想亲近她的。

　　CD机，名牌运动鞋，让罗老师与众不同。刘十三为了提前适应城市气息，也参加了这厮的补习班。

　　暑假第一天下午，补习的孩子们按时报到，可惜老师不见了。

　　教室里电风扇开着，吱吱嘎嘎，随随便便吹动热风，孩子的皮肤在初夏气息中沁出薄汗。刘十三和牛大田面面相觑，一个无法学习，一个无法玩耍，百无聊赖。

　　"罗老师失踪了？"

"我们要不要报告王莺莺？"

"报告我外婆干什么？人失踪了就要报警。"

"报警没有找你外婆快，镇上不管出啥事，第一个来的总是你外婆。"

"我外婆的责任心太重了，大家怎么不选她做镇长，做镇长能挣好多钱。"

两人交头接耳，不时偷看窗外，怕万一罗素娟突然出现。罗素娟的教学水平不好评价，体罚水平应该能拿金牌的。

两人偷看到不知道第几次，偷看到牛大田都睡着了，罗老师总算经过了窗前。

刘十三心道，回来就回来，为何走得如此荡漾。前天从莺莺小卖部拿了百雀羚，替她带到学校，她还没结账，这次下课一定不能忘记，好让她感受迟到的残酷。

罗老师恬不知耻，进门就给自己鼓掌："同学们，让我们热烈欢迎新同学的到来！"

刘十三循声望去，门口的阳光被柳条切碎，金线勾出小女孩的身影。罗老师的掌声并不停歇："我外甥女，重点小学三好学生，吓死你们。"

小女孩走近，笑吟吟望着一群土鳖同学。

她的笑很清爽，声音也好听："大家好，我叫程霜。"像冰过的西瓜咔嚓碎了，脆凉脆凉，自大家耳边淌过。

刘十三稚嫩的心揪了揪，人生第一次感到慌张，赶紧踢踢牛大田。小胖子擦擦口水醒来，模模糊糊看到台上女生，腾地起立："赵……赵雅芝！"

他越来越激动，不停推搡刘十三："你快看，她像不像赵雅芝！像不像程淮秀！"

刘十三赶紧小声劝慰："像的像的，你不要激动……你怎么哭了？"

牛大田泪花四溅："你说我还念什么书！娶了她我就是乾隆！"

程霜笑嘻嘻地说："谢谢同学们的热情，我来自上海，是罗老师的外甥女，很高兴和大家一起度过这个暑假。"

全场只有牛大田站着，他莫名其妙开始自我介绍："我……我叫牛大田……耕田的牛，耕田的田……"说着说着哭到撕心裂肺，"我也不想名字这么傻……还不是我爹没文化……"

刘十三束手无策，牛大田情绪的复杂已经超出他的见识。

罗老师踢开小胖子，说："程霜你就坐那儿吧。"

刘十三就这样，看着小女孩像梦境一般，马尾辫，眉清目秀，向他走过来。

毫无疑问，刘十三认为，这场面会铭记一生。

二〇〇三年的夏天，他们都是四年级。童年就像童话，这是他们在童话里第一次相遇。

窗外蝉儿鸣叫，屋内扇叶转动，课文朗读声随风去向山林。

2 /

程霜爱吃啥，家里几口人，看什么动画片，玩不玩塑料小兵，这些刘十三和牛大田都想知道。他们以为自己是野比康夫，而程霜是上天派来的温柔静香。

没想到程霜的角色，原来是胖虎。

"打劫！"

程霜站在石桥上，桥下流水淙淙，小女孩扛着一根扫把，再次重申："喂，打劫！"

石桥基本是大家必经之路，补习的同学们被一网打尽。胆小的蹲着抱头，牛大田环顾一圈，鼓起勇气指着小女孩说："你不能这样，你这样是错误的！"

小女孩用扫帚戳他的胸口："那你想怎么样？"

牛大田被戳得连连后退，奋力组织语言："你这样犯法，做人需要一定的礼仪，心地善良才会得到我们的尊敬……"

小女孩继续戳他："我就犯法了，你打算怎么样？"

牛大田张大嘴巴，憋了半天，说："我打算原谅你。"说完，就抱着头蹲下来，和其他的小伙伴一起屈服了。

刚走到桥上的刘十三来不及逃跑，结结巴巴："程……程霜，你干什么？"

程霜拿扫帚画个半圆："你看不出来吗！我在打劫！"

刘十三更结巴了："为……为……为什么？"

为什么一个外地人在山里这么嚣张？为什么本镇小孩都这么配合？刘十三悲愤地俯视桥面，铺满水枪、弹珠、《水浒传》卡片，全是程霜缴获的战利品。

刘十三再看程霜，已经没有半分美貌，满脸写着侵略者三个字。

程霜说："你也别难过，我比你更不好受。小姨拿走了我所有零花钱，我只好犯罪了。"

刘十三含着眼泪："你们城里人都这样吗？"

程霜叹口气："也不全是，我比较厉害一点。你的问题我回答了，给钱。"

刘十三抽抽搭搭掏书包："多少？"

程霜："五块。"

刘十三数了数，掏出五块红薯干，小心地放在程霜手掌上。

刘十三："你慢点吃，我外婆做的，可好吃了。"

程霜怒不可遏，往嘴里塞了一块红薯干，发现咬不动，不死心，攥着拳头用力嚼，马尾辫跟着晃，说话含混不清："我要的是钱！不是红薯干！可恶！完全嚼不动！"

程霜勃然大怒，同学们瑟瑟发抖，刘十三赶紧劝慰："要不你先放他们走，我明天给你弄点钱。"

程霜说："真的吗？"

刘十三想了想，拿出小本子，端端正正写下一行字：明天给程 shuang 钱。

刘十三说："这个本子上记下来的事情，我都会做到。"

程霜狐疑地翻看，边看边啧啧有声。刘十三闭紧双眼，感觉程霜在肆虐他内心的花园。

最后程霜还是信了，眉开眼笑说："那我明天还在这里等你。"

刘十三还小，他不知道反派的信任多么难得，第二天下课，他果断辜负了程霜。

程霜观察他捧着的东西，迟疑地问："这是什么？"

刘十三介绍："这是我外婆煮荞麦糊的铁锅，少说也有五斤重，是值钱的好东西。"

程霜举不起铁锅，只好梆梆敲着："你不是在本子上写了要给我钱吗？难道那不是个神圣的本子吗？"

刘十三严肃地说："当然神圣了，所以那条承诺没有划掉。我认真搞钱了，王莺莺不给，弄来这口锅我已经尽力。如果你不满意，我再想办法。"

3

全镇称得上美的女性，对刘十三来说，原本有两个。

首先罗老师，五官不算标致，幸亏气质优秀，大学生底子在那儿，比起村姑依然强一点。罗老师就像镇上唯一的蛋糕房，洋土结合，已经开创出独特风格。

其次毛婷婷，公认全镇第一美人。她的故事人们私下聊过许多，父亲搞运输，卡车夜间开山路，翻下去没救活。母亲哭了半年，上吊了。她只好辍学，用祖屋开了间理发店，拉扯亲弟弟长大。刘十三迎来这个暑假，她已经三十岁，衣装整洁，眉宇干净，顺滑的头发挂到肩膀，一丝不乱。

至于程霜，大城市来的同龄女孩，差点扰乱刘十三整个美学系统。她喜欢笑，小鼻子一皱一皱，见过的人都想和她一起笑。但她又凶又不讲道理，牛大田迅速放弃和她结婚的念头，准备同她结拜兄弟，一块儿欺负全校同学。

刘十三被欺负得最惨，却想保护凶巴巴的程霜。每当她笑的时候，就让他想起夏天灌木丛里的萤火虫，忽明忽暗，飞不远，也飞不久，日出前会变成一颗颗露珠，死在人们不会注视的叶子上。

因为有一天，他终于知道，程霜和萤火虫一样，现在是亮的，但说不定下一秒，就是暗的。

4

这个暑假，小小少年每天都回家想办法。王莺莺看着他满屋转悠，不停叹气，顿时展开了联想。

某天晚饭后，王莺莺下定决心，说："十三，成长发育是男孩子都要经历的事情，这里有五块钱，你去镇上碟店租一盘《青春的岔路口》。"

刘十三犹豫："是武打片吗？"

快六十的王莺莺用围裙擦擦手，惴惴不安地说："算是的。"

一晚上刘十三攥着票子辗转反侧，剧烈挣扎。外婆说的武打片听起来颇为神秘，但好不容易搞到钱，花掉又如何面对程霜。

天亮醒来，他恍惚地往学校去，经过小吃摊时心不在焉，买下萝卜饼辣糊汤小馄饨若干。

摊主说："五块钱。"

刘十三浑身一个激灵，暗道果然天意，将五块钱吃下肚，再也不用两边为难。

宽慰的心情持续到下课，逐渐陷入糟糕。他面临的境遇十分不堪：王莺莺知道他没租碟，程霜知道他没带钱。

磨磨蹭蹭走到石桥，发现程霜蹲坐河边。

刘十三喊："别打人，我进贡！"

程霜翻翻刘十三的书包，掏出来炒蚕豆和一瓶汽水。她打开汽水就喝，听到刘十三邀功："我偷了外婆的酒，灌了满满一瓶！"

程霜一震，汽水又辣又苦，喝下去整条肠道熊熊燃烧。她干呕半天，不信邪。如果酒真的难喝，那为什么大人们边喝边笑，摔到桌子底下还在笑？她决定继续尝试，刘十三既怕她猝死，又怕她喝光，叫嚷："快给我喝一口，外婆说，喝了酒不感冒。"

程霜问："难道你经常喝？"

刘十三得意："那当然，你看你，喝一口脸就红了，我喝了两口，白得跟死人一样。"

程霜眼珠子一转，说："我要向你外婆举报，居然给我喝酒。"

刘十三说："我才不怕她。"

"那我报警，喊警察叔叔枪毙你。"

"枪毙了我，没人给你带东西吃。"

"对哦，你天天换着花样给我带东西，是不是喜欢我！"

刘十三哆嗦起来，没想到程霜年纪轻轻，居然说出"喜欢"这么不要脸的词，断然骂她："神经病才喜欢你！"

程霜喝了酒，小脸红扑扑，眼中倒映山岚："刘十三，打劫不靠谱，再这样下去我们都快产生友谊了。"

刘十三皱眉："那怎么办？"

程霜说："我帮你把数学题做了吧。"

刘十三说："不好，我将来还要用自己的实力考大学。"

程霜说："说得也是，我们不能产生买卖关系。"

思索了一会儿，她翻出刘十三的本子，歪歪扭扭写字。刘十三紧张："你要干什么，别乱写，这本子有法律效力的。"

等程霜写好，刘十三拿回来一看，发现多了一条："送程霜回家。"

程霜握着他的手，说："给你一个机会。"

两只小手暖烘烘，刘十三眼泪都快掉下来了。都说女孩早熟，果然是真的，程霜喝了酒，熟得确实比他快。

一滴水落在手背，刘十三一颤，看到程霜挂着口水，醉成痴呆。

暮风掠过麦浪，远方山巅盖住落日，田边小道听得见蛙鸣。喝醉的小女孩分量不轻，刘十三用力蹬车，骑成了骆驼祥子。

程霜大舌头地问："你为什么骑女式自行车？"

刘十三咬牙："我妈留给我的。"

程霜又问："那你爸妈呢？"

刘十三咬牙："离婚了。"

程霜拍掌大笑："原来你是孤儿！"

刘十三猛拧车把："我不是孤儿！我爸妈活得好好的！"

程霜叹息："太可怜了，等你长大了，去上海找我，有问题，我罩你。"

刘十三悲愤道："我说了我不是孤儿！你再胡说八道，我就要打你了！"

程霜把脸贴在他背上："你不舍得打我，你喜欢我。不过你再喜欢也没有用的，因为我要死了。"

所有植物的枝叶，在风中唰唰地响，它们春生秋死，永不停歇。

程霜接着说:"我生了很重的病,会死的那种。我偷偷溜过来找小姨的,小姨说这里空气好。"

程霜还说:"我可能明天就死了,我妈哭着说的,我爸抱着她。我躲在门口偷听,自己也哭了。"

程霜声音很低很低地说:"所以你不要喜欢我,因为我死了你就会变成寡妇,被人家骂。"

刘十三没有回应,因为背上一阵湿答答。那么热的夏天,少年的后背被女孩的悲伤烫出一个洞,一直贯穿到心脏,无数个季节的风穿越这条通道,有一只萤火虫在风里飞舞,忽明忽暗。

刘十三停车,号啕不止。

程霜也哭着说:"你为什么要哭?"

刘十三说:"我很怕死!"

程霜哭着说:"我也很怕!"

刘十三抽抽搭搭:"我一定请你吃顿特别好的!"

程霜擦擦眼泪:"你人不错,如果我能活下来,就做你女朋友。"

5

罗老师把厚厚一摞作业本摔在讲台上,说:"同学们,昨天作业是写我的梦想,大家的梦想都很离谱,尤其牛大田。牛大田!你自己读一下!"

小胖子捡起被罗老师扔在地上的作业本，正气凛然，朗声读："我的梦想是开一家棋牌室，天天都赢罗素娟的钱。"

牛大田刚读完一句，就被粉笔擦击中。

罗老师说："你还真敢念，老师的名字你能乱喊吗？回去重写，最后一次机会，写不好喊家长。"

望着抓耳挠腮的牛大田，刘十三说："我帮你写。"

牛大田大喜："真的？"

刘十三说："你也帮我一个忙。"

午后艳阳照进小卖部，院门半开。小卖部设在侧房，和院墙连成一片。货物拥挤，但摆放整齐，从门口的簸箕蚊香蒲扇，到柜台上的泡泡糖话梅瓜子，各种颜色的香膏洗发水，通通镀上一层金芒。

最引人注目的，是墙上挂着的腊肠腊肉，下方一根大羊腿熠熠生辉。

王莺莺操持羊肉是一绝。取山羊后腿肉，切块，冲洗干净，下锅和水煮开捞出，一边用冷水冲，一边用棒子敲打五分钟。王莺莺敲羊肉的棒子用了很多年，纹理已经光滑，浮着油脂的光，摸着却又完全是木头的夯实，仿佛肉汁渗透了整根棒子。

锅中放油，葱白、姜片、蒜头煸香，冲洗完的羊肉同时也被敲松，加辣椒爆炒。小火，加黄酒生抽老抽。换大火，加水刚刚没过，煮开后才放盐和红糖。再小火焖盖半小时，萝卜切块同煮十五分钟，捞出不用。洋葱切块同煮十五分钟，捞出不用。收汁。

汁浓肉嫩，一碗喷香，膻气全无，只留鲜糯的羊味，包括刘十三在内，全镇人民毫无抵抗能力。

王莺莺坐在货架边听收音机，越剧缠缠绵绵，老花眼镜搁置在藤椅扶手上，和平常一样睡着了。

刘十三蹑手蹑脚，潜向羊腿，摘下来扛到肩膀，走到门口，对着牛大田说："靠你了。"

牛大田说："那作文呢？"

刘十三说："我帮你写。"

牛大田点点头，三下五除二，脱光衣服，只穿一条内裤，面色坚毅。

刘十三拍拍他，说："坚持两个钟头。"

白花花的小胖子弯下腰，偷偷走到挂羊腿的地方，抬手拉住铁钩，一脚微微缩起，冲刘十三挥挥手，用口型示意：你去吧。

抱着必死之心的牛大田闭上眼睛，全神贯注模拟羊腿，不再看刘十三。

暑假快结束了，暑假补习也快结束了。

扛着羊腿的刘十三站在石桥上，独自一人，日头逐渐西沉。他慢慢坐低，腿落下桥沿，清澈的河流那么浅，他小小的影子在鹅卵石上浮动。

他早就习惯等待。在这个小镇等什么，他从来不知道，只是没有等到。

　　今天在等谁，他自己是知道的。那个小女孩，被她打劫了一个暑假，今天没有来。

　　再习惯等待，等不来依旧难过。那种难过，书上说叫作失望。直到长大后，他才明白，还有更大的难过，叫作绝望。

6 /

　　小卖部里的王莺莺醒了，戴上眼镜，看到光溜溜的牛大田。

　　王莺莺说："牛大田，你干啥？"

　　牛大田说："你认出我来了？我不像条羊腿吗？"

　　暮色缓缓重了，一辆女式自行车飞驰在田边道路上。刘十三踩得很用力，他要骑得快一点，如果快一点，也许能追上点什么。

7 /

　　刘十三双手拖着羊腿，像拎着一把青龙偃月刀，走进一间装修过很多次的屋子，迎面一个吧台。罗老师正在吧台稀里呼噜吃泡面，CD连着电脑音箱，放着凄凉的歌曲。

　　张柏芝悲泣着唱：

心痛得无法呼吸，

找不到你留下的痕迹。

眼睁睁地看着你，

却无能为力，

任你消失在世界的尽头。

…………

罗老师抬头看到刘十三，目光转到那条羊腿，艰难地咽下满口面条，一脸震惊："去你妈的，谁让你送羊腿的，我怎么可能买得起。"

刘十三不说话。

罗老师看看自己的面，说："欠你一箱方便面的钱，下个礼拜再结账好不好？"

刘十三不说话。

罗老师把面一推，沮丧地说："分你两口。"

刘十三说："程霜呢？"

罗老师说："她妈今天来，把她接走了。"

刘十三迟疑一下，说："她生病了吗？"

罗老师望着他，说："你是不是知道点什么？"

刘十三不说话。

罗老师蹲下来，平视刘十三，握住他的胳膊，轻声说："昨晚开始发烧，通知了她妈。她只能待两个月，山山水水的空气干净，说不定有帮助。本来就是听天由命的事情，至少这个暑假很开心，对不对？"

刘十三避开她的眼睛，低头，说："那看样子不会再来了。"

罗老师说："病好了会来的吧。"

刘十三没有抬头，因为眼泪突然掉下来了，小男孩的伤心一颗颗砸在地上。他没擦眼泪，用力拎起羊腿，靠着吧台放下，又递给罗老师一张字条："罗老师，您能替我送给她吗？这是红烧羊肉的做法，我采访外婆的，写得很详细。外婆说，羊肉补气。"

说完刘十三转身就走，因为他眼泪一直流。

罗老师喊住他，也递给他一张字条，说："程霜给你的。"

走出罗老师家，刘十三听到 CD 机换了首歌。他有部随身听，和一堆零花钱买的卡带，所以他能听出来，这是孙燕姿的声音。

孙燕姿没有哽咽，而且歌词那么简单，然而他很伤心。

　　　我也知道，

　　　天空多美妙，

　　　请你替我瞧一瞧。

　　　天上的风筝哪儿去了，

　　　一眨眼不见了。

　　　…………

刘十三打开程霜给他的信纸，几行很短的字。

喂!

我开学了。

要是我能活下去,就做你女朋友。

够义气吧?

8/

小镇的低瓦数灯泡黄黄亮起,裁缝店老板娘端出煤球炉,开始摊荷包蛋,能卖一个是一个。澡堂子排着三四人的队,秦嫂抱着水盆咯咯咯笑。刘十三默默路过,没有乡亲觉得他不对,他也没理会谁。

刘十三跨进院子,桃树挂着的灯亮堂堂,树下坐着双手抱臂的王莺莺,旁边牛大田只穿内裤,垂头丧气。

王莺莺说:"站住。"

刘十三拔腿就跑。

王莺莺操起扫帚追赶,高喊:"杀了你个小王八蛋!我羊腿呢!"

牛大田大叫:"我真的不像羊腿吗?"

刘十三窜出院门,连蹦带跳躲避扫帚,逃得飞快,不忘记回头吼:"你打我呀你打我呀!打死算球!"

9/

　　小二楼的阳台铺上凉席，坐着就能让目光越过桃树，望见山脉起伏，弯下去的弧线轻托一轮月亮。夜色浸染一片悠悠山野，那里不仅有森林，溪水，虫子鸣唱，飞鸟休憩，还有全镇人祖祖辈辈的坟头。

　　王莺莺盘腿点着卷烟，抽一口，她的外孙下巴架在栏杆，不知道在想些什么。

　　王莺莺年轻的时候，嫁到外地，非常远，据说靠着海。丈夫去世后，她回山里，娘家人留给她这个院子。

　　她的外孙很小的时候，就学会了藏心事，然后藏着心事，坐在阳台发呆。在他长大前，如果不是课本上的问题，只有王莺莺能回答。

　　"外婆，我有爸爸吗？"
　　"外婆，妈妈还会回来吗？"
　　等他十岁，反而不问了，好像人生已经没有什么问题，他也会接受一切就这样下去。

　　这个夏天，月光漫过树梢，清洗整栋小楼，一大一小两个背影坐落夜里。

刘十三说:"外婆,你去过外边的,山的那头是什么?"

外婆说:"是海。"

刘十三摇摇头,说:"这个你说过很多次了,我们省哪儿来的海,你骗骗小时候的我还差不多。"

外婆说:"真的是海,走啊走的,就走到海边了。再坐船,能到一个岛上,周围全部都是海。"

刘十三说:"外婆你完全没有文化,将来要是我考不上大学,就回来帮你看店。"

外婆掸掸落在碎花衬衣上的烟灰,眯着眼说:"说不定我活不到那时候。"

刘十三说:"我一定能考上,到时候带你出去看看。"

外婆说:"我年轻的时候早就晃过了,年纪大了,还是留在老家吧。"

刘十三说:"老家就这么好?"

外婆说:"祖祖辈辈葬在这里,才叫故乡。"

刘十三听不懂,也不再问问题,过了很久扭头,看到外婆已经叼着熄灭的烟头,靠着墙壁睡着。王莺莺脸上皱纹深深的,墙壁一片片苍老的斑驳,映着晃动的树影,像一张陈旧的胶片。

刘十三拿出随身听,里面录了几句话。而这几句话,刘十三誊抄在东信电子厂内部稿纸拼起来的本子上,写在他一切计划的扉页,字字工整,笔画清晰,比座右铭还要刻骨铭心。

他点了播放键,早就遥远的声音响起来,只有录下来的这几句,对他来说那么熟悉。

十三，妈妈走了。

你要听外婆的话，别贪玩，努力学习，考清华考北大。

妈妈希望你啊，去大城市工作，找一个爱你的女孩子结婚，能够幸福地生活下去。

越幸福越好。

十三，妈妈对不起你。

梦里小镇落雨，开花，起风，挂霜，

甚至扬起烤红薯的香气，

每个墙角都能听见人们的说笑声。

牡丹仰起脸，雪落在她干净的面颊，

她说："我们分手吧。"

Chapter

3

我在做梦吗

1 /

这世上大部分抒情，都会被认作无病呻吟。能理解你得了什么病，基本就是知己。

在刘十三的九年制义务教育中，差点和牛大田成了知己。牛大田逃学辍学不学，荒废无度，结果没考上重点高中。刘十三预习补习复习，刻苦顽强，同样没考上重点高中。

计划需要毅力，刘十三比谁都了解。他买了市面上一切模拟试卷，既然没能力解答，那就把所有题目都背出来。

本子上写，"考取重点高中"，他没完成，这里有太多客观原因。但"背诵模拟试卷"这一条，拼命就可以，任何意外都不是借口。

到了半夜，困意袭来，他背一道题目，扇自己一个耳光。

王莺莺早上喊他吃饭时吓了一跳，只见刘十三两颊高鼓，红光透亮，神情恍惚念念有词："精光黯黯青蛇色，文章片片绿龟鳞。"

王莺莺刚走到他一侧，刘十三嘶哑着声音说："别开窗！我还没见到阳光，天就不算亮。天不亮，我一定能背完。"

漫长的学习生涯，支撑他走下来需要计划和毅力。在连绵不绝的失败面前，刘十三还能拥有这些宝贵品质，基于一个简单的信念："我没毕业，我下次能考好。"正如赌徒没离开牌桌，因为手里还握着筹码，那么刘十三手里也握着时间。

赌徒的终点是破产，刘十三的终点是高考。

高考分数下来，刘十三收获了他人生最重要的道理：原来世界上很多事情，不是你有计划、有毅力就能做到的。

在去高校报到的大巴上，刘十三翻开泛黄的笔记本。其实从初中开始，本子上的计划就逐渐艰难，代表完成的钩钩慢慢不再出现。

扉页写着至关重要的一条，考取清华北大。而这辆大巴，正开向京口科技大学。刘十三合上笔记本，打开了真实的人生。

2 /

高中毕业后的暑假，刘十三留在山间的最后两个月，王莺莺并不十分重视。她沉迷修仙，每天清晨猪草也不割，坐在院里练习打坐。她告诉刘十三，意守丹田，舌抵上腭，获得的人生体验连清华北大都教不会你。

刘十三走前，王莺莺满面红光，每七天辟谷一次，宣称身体将百病全消，无须外孙养老。

那天刘十三起床很早，八月底的山林清晨像一颗微凉的薄荷糖。青砖沿巷铺到镇尾，小道顺着陡坡上山，院子里就能望见峰顶一株乔木。刘十三爬过许多次，他的娱乐项目基本集中在这条山道。除开焖山芋、钓虾、烤知了之类粗俗的，还能溪边柳枝折一截，两头一扭，抽掉白白的木芯，柳条皮筒刮出吹嘴，捏扁，做一支柳笛。

本来外婆说开拖拉机送他到长途汽车站，但给了刘十三生活费，剩下钱替他买了个行李箱，没资金买柴油了。她试图让外孙退一点生活费，节俭的刘十三思索之后，决定让牛大田开摩托送他。

刘十三在外婆门前站了一会儿，望着门板上用小刀刻的一行字：王莺莺小气鬼。

外婆不识字，曾经问他刻的什么。他说，王莺莺要活一万年。外婆不屑地敲他头，说，活到你娶老婆就差不多了。

刘十三摸过字迹，转身离开，离开老砖旧瓦，绿树白墙，和缓缓流淌一个小镇的少年时光。

刚跨出院门的第一步，刘十三鼻子一酸，心想，王莺莺要活一万年。

王莺莺的枕头下，一毛不拔的外孙昨夜偷偷放了五百块。

彻夜未眠的王莺莺翻了个身，她知道外孙站在门口。接着她听到很细的脚步声，和行李箱轮子咕噜咕噜滚动的声音，院门被轻轻带上，只剩早起的鸟偶尔一两下鸣叫。

王莺莺推开门，坐到桃树下，不再修炼。老太太抽着卷烟，看淡青色的天光逐渐明亮，发了很久的呆，擦擦眼泪，开始做一个人的午饭。

刘十三的行李箱夹袋，没钱买柴油的外婆昨夜偷偷放了五百块。

这场告别像个梦境。身为大学生之后的刘十三，趴在桌上睡了很多节课，梦里小镇落雨，开花，起风，挂霜，甚至扬起烤红薯的香气，每个墙角都能听见人们的说笑声。刘十三看见外婆正在炒菜，院内人影绰绰，大家一起祝贺他："恭喜刘十三金榜题名，高考状元，旷古绝今，天下无双。"

刘十三激动地喊："原来我是他妈的高才生！"

整个教室鸦雀无声，参加英语四级考试的同学们目瞪口呆，注视着突然起身的刘十三，共同停止答题半分钟。

监考老师问："你在干什么？"

刘十三揉揉眼睛，迟疑地回答："我在做梦吗？"

3

刘十三望着自己的室友智哥，心乱如麻。

刘十三跟他长谈过，让他不要凌晨五点梳头发喷啫喱，也不要每逢下雨就出去散步，更不要向辅导员告白，试图用爱情来逃避重修，因为辅导员是个男的。

谈着谈着，智哥举起一双丝袜，刘十三大惊失色，问他哪里来的。智哥说，偷舍管阿姨的。刘十三差点脑溢血，智哥喜滋滋地告诉他，将丝袜裹住肥皂头，攒很多肥皂头就能凑成一整块。

刘十三懂了，小学同学最多愚蠢，大学同学很有可能猥琐。

二〇一三年冬至，刘十三已经大三，窗外雪花纷飞。智哥舍情脉脉弹吉他，看起来很文艺，但他桌上摆着洗脚盆，盆里泡着四袋方便面，热气蒸腾，让饥饿的刘十三不知是喜是悲。当智哥从洗脚盆捞出第一根面条的时候，彻底点着刘十三的痛点，他忍无可忍地炸了。

刘十三问："你不是说丝袜用来攒肥皂的吗，为什么穿在腿上？"

智哥说："因为我娘。"

刘十三沉默半晌，说："你他妈的。"

智哥说："你是不是歧视我？"

刘十三说："我并不歧视你，我只是没法接受你。"

智哥说："我把你当兄弟，你把我当什么？你好恶心。"

刘十三一愣，说："难道你不是？"

智哥一下紧张了，说："难道你是？"

两人打哑谜一般来回数次，刘十三放弃了这个话题，安慰自己：其实个人习惯这种事，要么我同化他，要么他污染我，如今他吃外卖不再洗一次性筷子，证明已经取得了微弱的优势。

曾经班级组织活动，为自己的室友写评语。刘十三原本写的是："矫情，古怪，要不是相处久了有点感情，我早就搬了。"

不小心窥视到智哥给他的点评，写的是："英俊，聪慧，繁华人世间一道靓丽的风景线。"

刘十三良心受到重击，夜不能寐，等智哥抱着吉他睡着，偷偷爬起来重新给他写下评语："细腻，温柔，恍如江南走来的白衣少年。"

在刘十三的世界里，也只有智哥知道他的秘密。

二〇一三年冬至，与牡丹相见的最后一天，刘十三从抽屉里拿了点钱，走进满天飞雪，去送别自己的青春。

4 /

校园生活区的边门，连接美食街。其实没有街道，马路两侧摆满小吃摊，全部由平民制造。大一那年，临近寒假，全校女生都缩在蓝色塑料棚吃麻辣烫，他一眼望见牡丹。

当日亦冬至，人群喧嚣中，牡丹仰着干净的脸，对着筷子上的粉条吹气。

刘十三耳边出现熟悉的声音，那部陈旧的随身听似乎又响起来：找一个爱你的女孩子结婚，能够幸福地生活下去。

冰凉的空气涌动，塑料棚透映着暗黄的灯光，蓝天百货门外的音箱在放张国荣的歌。

> 没什么可给你
>
> 但求凭这阕歌
>
> 谢谢你风雨里都不退
>
> 愿陪着我
>
> 暂别今天的你
>
> 但求凭我爱火

活在你心内

分开也像同度过

接下来的刘十三，陷入爱情的庞大迷信。

爱情必须给予。和普通的年轻人一样，刘十三没什么拿得出手的东西，只有尚未到来的未来。和牡丹吃饭的时候，他无数次描绘过心目中的生活：早上下楼，掀开一笼热气腾腾的红糖馒头。如果牡丹不喜欢的话，他可以换成豆浆油条，白粥就着咸鸭蛋。她一定没吃过梅花糕、鱼皮馄饨、松花饼、羊角酥、肉灌蛋……

牡丹说："你到底知道多少种小吃？"

刘十三放下筷子，默默思索，在脑海中的小镇逛一遍，认真地说："五十九种。"

牡丹敲敲他的盘子，里头堆着几根肉串。

刘十三看到她细长的手指间，光芒一闪而过，多了枚亮晶晶的银戒。牡丹觉察那缕目光，笑了笑说："我爸送的，生日礼物。"

对啊，今天是牡丹的生日，所以他们坐在这里撸串庆祝。过半小时，智哥和牡丹的室友都会来，大家一起去 KTV 唱歌，点一份洋酒套餐，店里送果盘。

烤串的王老太弓着腰，丢下一把鸡胗，冷脸说："快点吃，我要收摊，下雪了。"

刘十三说："你不能学人家也搭个棚子吗？"

王老太说："没钱。"

刘十三说："你生意挺好的，怎么会没钱。"

王老太说："你懂个屁，钱要省着。"

刘十三咬了口鸡胗，愤怒地说："这生的吧，再烤烤行不行？"

王老太整理铁扦，说："不行，下雪了，滚犊子。"

一片雪花落在牡丹发梢，刘十三伸手想拭去，被牡丹握住，她说："去年的生日礼物，是碰到你。"

她说："今年的生日礼物，是我转校希望很大，明年去南京。"

一直是她说，因为刘十三不记得自己说了些什么。

牡丹仰起脸，雪落在她干净的面颊，她说："我们分手吧。"

王老太推起板车离开，留下两张板凳给他们坐着，可能急着回家忘记收拾。

雪越下越大，两人身上满是白色。

那天他们依然去了 KTV，集体喝醉，双方绝口不提分手。若即若离的关系贯彻接下来的一年，到二〇一三的冬至，牡丹办完手续，要完完全全离开小城。

为什么要选这一天？

也许这一年的生日礼物，她希望收到的是离别。

直到失去爱情，刘十三也没发现，他一直描绘的未来，其实是过去。

他根本不知道这个时代的人会去向哪儿，包括他自己。他不是科幻作家，无法描绘汽车飞行的迷离都市；他不是生物学家，无法描绘人体器官可以替换的医疗环境；他不是经济学家，无法描绘投资风口急速更替的资本市场。

他一无所知，无法描绘所有人创造的未来世界里，如何创造一个家。

他孜孜不倦地承诺和分享，只是把扎根他每个细胞的小镇生涯，换了本日历，成为他反复的描绘。

5

火车站广场飘着简餐的味道，人们杂乱而汹涌，顺流逆流，补丁和名牌擦身而过。和预料一致，他一眼望见牡丹。

牡丹显然没有他那么好的眼力，此刻她探着脑袋，仔细看滚动列车讯息的电子屏。

刘十三温柔地想，她踮起脚，和溪水边独自走动的鹅一样天真。

智哥写过一首歌，也许是抄袭的句子，他站在阳台上弹吉他，对着熄灯的女生宿舍高声唱：

> 我亲爱的人啊，不管到哪里，能否带我一起去？
> 我知道你要去哪里，我也知道，你不会带我去。

他记得有天天蒙蒙亮，牡丹凌晨回校，他站在校门口的车站等。牡丹轻盈地跳下车，欢快地向他走来。

当时他心里想的，也是这两句，觉得浪漫又凄凉。

火车站这么热闹，刘十三来不及感受凄凉。他满头大汗，形迹狼狈，还渴得要死，决定先去小卖部买水，喝一口全身通透，气息宜人地去见她。

人算不如天算，小卖部收银机故障，柜台后的小老头慢吞吞在草稿纸上算账，一分一秒过去，队伍纹丝不动。

他脚边放着背包，里头有外婆邮递的小吃，从猪肉香肠到红薯干一应俱全。想象中把这些交给牡丹，就如同把往昔描绘的未来，交给了她。

他看看手中的水，快速权衡利弊。如果不买水直接走，之前排队的十分钟就是白费；如果继续排队，可能来不及送别。

牡丹和一瓶水孰轻孰重，他心里当然清楚。他更明白，之所以还在排队，其实是害怕提前过去面对。

"到你了。"

身后一个女孩捅捅他。

他回过神，老头瞟一眼他手中的矿泉水："一瓶三块五，两瓶九块。"

岂有此理，刘十三放弃争辩，掏出十块。

老头又喊："等等！"

刘十三顿住。

老头说："我要验算。"

验算你娘舅，收账又不是搞科研，刘十三丢下钱，抄起背包狂奔出去。他权衡清楚了，这一面是必须见的。

6 /

牡丹的车马上到站。

广播毫无情绪波动地叙述一个事实：去往南京的旅客请注意，列车即将到站，停留两分钟。

刘十三颤颤巍巍，站到牡丹面前。

牡丹好像叹了口气："你来了。让你不要送的。"刘十三能进入站台，因为他买了这列车的票，但牡丹丝毫没有意识到。

刘十三递上背包："过敏药，怕你车上犯鼻炎。"

牡丹看着背包，似乎在问，这包起码十斤吧，你给我十斤过敏药有什么企图。

刘十三说："我托人快递来的，以前老和你说，也没法请你吃。红薯干、梅花糕、鱼皮馄饨、松花饼、羊角酥、肉灌蛋……不好保存的我真空包装的，十天半月坏不了。"

牡丹说："我不要吃。"

刘十三说："吃一点。"

牡丹说："你让我怎么拿？"

刘十三一愣，看到她身边两个大大的行李箱。

他悲惨地想，去个南京而已，何必收拾全部家当，难道说一去不回，对了，牡丹原本就是一去不回。

　　刘十三缩回手，抱着背包："那你到南京安顿下来了，发我地址，我给你寄过去。"

　　牡丹说："再说吧。"

　　刘十三还不甘心："那个，话费我给你充好了，充了三百，你不要担心流量，尽管跟我视频……"

　　"我到南京，肯定是要换新号码的。"

　　"微信号又不用换。"

　　"捆绑的，换掉比较方便。"

　　牡丹犹豫了下，看看刘十三，刘十三冲她笑，眼泪在眼眶打转。

　　牡丹说："其实手机卡……已经有朋友帮我买好了，号码我写给你。"

　　刘十三连忙点头，牡丹拿出随身纸笔写下一串数字，塞进刘十三怀中的背包。

　　"那，我走了。"

　　牡丹要结束这段对话。

　　刘十三强行狗尾续貂："如果我去南京找你的话，你欢不欢迎啊？"

　　列车缓缓驶来，气浪震动，将他的话淹没到听不见。

　　牡丹把行李箱推进车厢，刘十三想帮她拎箱子，牡丹回头摆了摆手。

　　牡丹说："再见。"

　　这两个字，果然只有她能说得出口。

刘十三在车外跟随车内牡丹的脚步，看她经过一扇车窗玻璃，准备放行李。

列车不是停靠两分钟吗，为什么她告别只花了一分钟呢。

绝对不能这样结束，还没有结束，怎么能这样结束，他急促呼吸，呼吸着彼此想过的未来。

看海，等流星，放烟火，建一座木头房子。山顶松树下野餐，风铃响动，用分期付款的车放音乐，烧烤架上生蚝滋滋冒水。

漫长的人生画面在刘十三眼前飞奔，似乎要在这几秒钟的时间全部流逝掉，而车也有开动的迹象。

刘十三拍着车窗玻璃，有句话一年前的冬至就想问。

那句话冲出他的喉咙："如果我考上那边研究生，是不是还能在一起？"

牡丹听不见。过去一年，刘十三经常去通宵教室自习。笔记本上一行字：考研，去她的城市。

车窗玻璃凝着一层薄薄霜华，牡丹转过头，正面对刘十三，他终于看见牡丹眼中的泪水。

牡丹轻轻在车窗哈了口气，用手指写下两个字。

"别哭。"

刘十三泪流满面。为什么做不到。为什么离笔记本上的每行字越来越远。为什么不快乐。为什么冬至下这场雪。为什么重要的人会离开。

火车启动，刘十三追了上去。

　　这不是外婆的拖拉机，他快冲两步就能翻身上去。这不是童年的风，他踩着女式自行车就能追到翻飞的叶子。但这是他竭尽全力的速度，在云边镇，他可以赶上澡堂最后一锅热水，全镇最早一笼蒸饺，只要他整夜读书，还可以赶上山间最先亮起的一朵云。

　　二十一岁的刘十三抱着背包，号啕大哭，追逐呼啸而去的火车。

　　他只跑了七八步，火车已经飞驰出站。

　　他的胸腔四分五裂，流淌出滚烫的岩浆，爱情落在地面冻结，时间踩碎，雪花轻柔地掩盖。

　　他跑出第九步，身后响起一声大喊："警察叔叔，就是他！"

　　哀痛到极点的刘十三跑出第十步，被两道黑影扑倒。

　　背包跟着被扑出去，一张字条猛地扬起，带着一串号码上下舞动，飞往铁轨。

　　他不顾袭击者，拼命爬起来追。

　　大喊的人又叫了："他想拒捕！警察叔叔，快抓住他！"

　　刘十三随字条一跃而下，跌入铁轨。

　　那人反应迅速，跟着叫："他想卧轨！警察叔叔，快救救他！"

　　被拖上来的刘十三悲愤欲绝，四仰八叉躺在地上，向那一惊一乍的声音看去。

　　那是一个女孩，逆光下轮廓模糊不清。刘十三只能看到她扎着马尾辫，神气十足。

扑倒他的人说:"我们是铁路巡警,现在怀疑你跟一起盗窃案有关,跟我们走一趟吧。"

7

到了派出所,刘十三总算明白了事情经过。原来那个女生在小卖部买东西,刘十三抄起她的包就跑。女生跟着他狂奔,盯着他走进站台,立刻召唤警察。

真是可笑,刘十三紧紧抱着自己的包。

女生表情严肃:"你拿了。"

刘十三嗤笑摇头:"绝对不是我拿的。"

不过话说回来,他离开小卖部的时候确实比较匆忙,刘十三狐疑地举起包,结结巴巴地说:"好像有点不对……颜色对的……牌子不对啊……"他往桌上一倒东西,意想中的红薯干、香肠、梅花糕、鱼皮馄饨、松花饼、羊角酥、肉灌蛋……一样没有,只是几件女生衣服、洗漱用品和一堆药瓶。

女生激动万分:"我说的吧!就是他偷的,还不承认!"

刘十三惊恐万分,事到如今,再跟他们说自己拿错了,会不会有点晚?

幸好民警见多识广,看样子这小伙子可能真拿错了,只是失主气焰十分嚣张,逼着他们进行完整的审讯。

民警一拍桌子："录个口供吧！姓名，年龄，联系方式。"

刘十三老实说："我叫刘十三，京口科技学院大三。"

女孩明显愣了一下，拦住要继续发问的民警，问："你叫什么？"

"刘十三。"

"文刀刘，动不动就哭的十三吗？"

"你是不是有病？"

"有的。"

女孩盯得刘十三发毛，他决定生点气来壮壮胆，于是气鼓鼓地说："我没有偷你的东西，你不要吓唬我。"

女孩的怒火奇迹般消失了，居然客套地问："我知道我知道，哎，你刚刚为什么又哭啊？"

刘十三说："怎么就又了！这个也要录到口供里吗？"

民警说："不用，不过我也想知道你为什么哭啊。"

刘十三只好含泪解释："我去车站送女朋友，她可能不回来了。"

女孩若有所思："那不就是变成前女友了。"

审讯到这里，刘十三万念俱灰，伸出双手："算了，我也不想录什么口供，也不想说话，警察同志，你们把我抓起来吧。来，抓我抓我。"

民警和女孩都大吃一惊。

女孩跳起来："天啦，我只是冤枉你一下，你怎么就自我放弃了？"

刘十三不管不顾："就是我偷的，我是小偷，没良心，道德败坏。"

在场的民警们面面相觑，也算开了眼界。

这下换成女孩急了，麻利地收拾，她的衣服、她的充电器、她的药瓶、民警的签字笔，通通装进她的包。接着想了一下，把民警的签字笔还了回去。

背起包的女孩一脸诚恳："警察叔叔，太打扰你们了，现在这个事情解决了，一个误会，你们不要惩罚他，也不用送我们，我们自己走，谢谢。"

说完女孩一鞠躬，民警眨眨眼，靠到椅背上："什么情况？喊打喊杀的不是你吗？"

女孩钩住刘十三脖子："我认出他了，他是我的男朋友。"

刘十三扑通摔到桌子底下。

民警震撼地坐直了："我记得他说他刚刚分手。"

女孩爽朗地笑："他太花心了，回去我会进行残酷的教育。"

刘十三从桌子底下挣扎着爬上来："你别含血喷人！我不认识你！"

女孩再次钩住他脖子，热情地说："十三，我是程霜啊。"

8

四年级暑假的午后，闷热空气陡然清凉，小女孩走出树影，马尾辫一晃一晃，坐到他身边，微笑着说："我叫程霜。"

小石桥上小女孩扛着扫把，横刀立马，大喝一声："抢劫。"

麦穗托着夕阳，晚风卷着一串一串细碎的光，叶子片片转身，翻起了黄昏。自行车后座的小女孩把脸贴在他后背，曾有眼泪烫伤他肌肤，小女孩轻声问："你会每天送我回家吗？"

那是他童年的玩伴，消失于人间的程霜。

而现在钩住他脖子的女生，高高个子细细身段，眉开眼笑，说她就是程霜。

二〇一三年冬至，刘十三数不清第几回哭了，抽泣着说："我在做梦吗……程霜……你他妈的不是死了吗……"

时隔十年，刘十三和程霜再次相遇。

冬日的阳光并不温暖，平稳又均匀，

但阳光里程霜的笑脸那么热烈，

她说："我就不死，怎么样，很了不起吧？"

Chapter

4

不死的少女

1

刘十三和智哥面对面坐在地上，中间搁了个电磁炉，翻腾着叫来的火锅外卖。智哥拿筷子搅拌搅拌，说："失恋了，你现在是不是很难过？"

刘十三点点头："脑海一片空白。"

智哥说："那不如借酒浇愁吧。"

话音未落，门砰一声打开，两箱啤酒叠在一起，凭空移动，左摇右晃撞进宿舍。

智哥噌地站起来："我是不是眼花！"

刘十三看到啤酒箱下打战的一双细腿，沉声道："不是的，我怀疑有个朋友来了。"

也不知道程霜哪儿来的力气，两箱二十四瓶青岛纯生，硬是抱到目的地。智哥眼明手快，冲上去卸下一箱，露出程霜的笑脸。

程霜擦擦汗，说："我只知道几号楼，差点没找到。幸好闻到火锅味，跟着味儿还真走对了！"她拍拍刘十三肩膀，说："看到我是不是很高兴啊，哈哈哈哈哈哈……"

刘十三点头说："是啊是啊，哈哈哈哈哈哈……"

刚笑出声，刘十三又警觉地调整表情。为了借酒消愁，此刻愁的心态必须稳住。说来真的奇怪，人在很悲伤的时候，怎么就那么容易笑，搞得悲伤之外，还多了内疚。

放下啤酒，程霜白净的小脸红扑扑，眼睛亮晶晶，智哥难以自持，兴奋到了破音："同学，你叫什么名字！"

程霜起开瓶啤酒，咕嘟嘟边喝边说："我叫程霜。"

智哥抄起吉他："我叫智哥，刘十三的兄弟。初次见面，送首歌欢迎你，歌名，《月亮代表我的心》。"

没想到程霜连连摇手："别别别，我是九〇后，能不能换成周杰伦的《半岛铁盒》？"

智哥眨了眨眼，艰难地说："那首我还没练，等我翻翻谱。"

程霜一挥手，说："练个毛线，喝多了，什么都会唱。"

刘十三还没做出反应，两个人已经坐下来连吃带喝，啤酒噼里啪啦开了好几瓶。

宾客尽欢，只剩刘十三还没有进入状况。

刘十三把自己这种状态称为矫情。生活中常常会出现不合时宜的矫情，比如小时候大家春游，你头痛，但你不说，嘟着嘴，别人笑得越开心，你越委屈。

事实上没人得罪你，也没人打算欺负你，单纯只是没有关注你而已。

委屈到达一个临界点，当事人哇地哭出来，身边人莫名其妙，明明一块儿踏青野炊点篝火，大自然如此美好哭什么，难道触景生情，哭的是一岁一枯荣？

刘十三不想矫情，他硬着头皮想吃火锅吹牛皮，可心里的委屈拱啊拱的呼之欲出。智哥激动地说："来，献给大家一首新歌，这首歌的名字叫作，《爱情》！"

说完，他自弹自唱：

> 轻轻地，我将糟蹋你，请将眼角的泪拭去。
>
> 你问我，何时爱上你，不是在此时，不知在何时，
>
> 我想大约会关你屁事。

终于智哥发现他的不对劲："十三，你哭什么？"

火锅的雾气蒸腾中，似乎浮现起车窗上牡丹用手写的两个字，他看不清牡丹的面容，也追不上呼啸的火车。

程霜摸摸他的头："别哭。"

刘十三说："我没哭。"

说完这句，他眼泪彻底决堤。

他曾经教导智哥，男人不能娇气，可他的眼泪比任何男人都要多。智哥问过他，刘十三，你哭来哭去不惭愧吗？

刘十三告诉他，别人哭，是因为承受不了某些东西。他哭，是能承受一切痛苦，但总要哭哭助兴。

此刻他在两个朋友面前哭得稀里哗啦，程霜往嘴里塞油面筋："唉，跟了他一路，就怕他做傻事，哭出来就好。"

智哥沉默了下说："十三，你不要难过，我很快要去南京参加比赛，你要是想她……我就帮你多看看她。"

程霜说："那有什么用？"

一句话戳进刘十三的心窝，他说："是啊，有什么用，做什么都没用了。"

程霜啪地一拍筷子，说："怎么就没用了？做什么都没用，我早就死了。刘十三，你还活着，怎么说没用。你要是舍不得，去找她。"

刘十三和智哥都被程霜的气势吓到，智哥说："牡丹去南京了吧。"

程霜拿着手机说："南京哪里？"

刘十三报了牡丹学校地址，程霜在手机上戳了几下，将屏幕转向刘十三，她口齿清晰地说："从京口科技学院，到江南师范大学，距离一百六十公里。"

刘十三泪眼模糊地看屏幕，她说得没错。

程霜说："来去不过一晚上，走，我们去见她。"

智哥兴奋地砸吉他："去南京，去南京。"

刘十三目光呆滞地看着他们，发现两箱酒居然已经喝完。不管什么时候喝完的，他们此刻肯定都喝大了。

刘十三苦笑："别闹了，现在哪儿还有火车。"

程霜猛地站起来，居高临下："我俯视你！"

一边说，一边把脚踩在刘十三肩膀上。

智哥说："我也俯视你！"

一边说，一边把脚踩在刘十三另一个肩膀上。

刘十三肩扛两脚，像倒扣的香炉，缓缓地说："真的没有火车了。"

程霜和智哥齐声喊："打车！"

被两只脚踩着的刘十三心想，怪不得人们说青春是轰轰烈烈的。

轰轰烈烈这四个字，一听就知道是团伙作案。

2 /

如果他孤独一人，今晚应该躺在床上，通宵默默淌泪，睡到腰肌劳损。现在风那么大，路那么长，三人结伴出发，奔向黎明，这辈子必须诞生传奇。

高速公路在冬夜无限拉伸，探照灯射穿雪花。两个醉酒的人上车就睡，只剩刘十三头靠着车窗，呼吸在玻璃上忽明忽暗，慢慢恍惚。黑暗像一场梦，他随时随地会做的梦，梦里奔行在隧道，不知道是山林长成，还是水泥搭建，但同样幽深。他能不停向前，因为有人吹着柳笛引路，似乎走到头就是一扇木门，推开后灶台煮着红烧鱼。灶台比他还高，那人放下柳笛，给他喂一口鱼汤，鲜掉眉毛。

飞雪夹杂冰碴，越来越薄，开进南京城的时候，变成淅沥沥的小雨。出租车停在江南师范大学门口，已经清晨七点，丑的女孩还在睡觉，一部分美女刚刚准备卸妆，一部分美女已经开始化妆。

智哥感叹："原来美女倒垃圾也会穿高跟鞋，真是红粉骷髅，我愿意粉身碎骨。"

程霜安慰刘十三："我们也不算白来，一会儿见不到你的前女友，我们就帮你找个现女友。"

智哥发现他们三人的外套皱巴巴的，溅满泥点，沉吟着说："要不我们换套衣服再来。"

程霜断然否决："换什么换，都是二十左右的年轻人，让她们看看贫穷的风采。"

3

站到女生宿舍楼下，刘十三羞涩地说："别这么高调，你们在旁边等我。"

出租车上刘十三默默斟酌，见到牡丹不知是喜是忧，但两个朋友在场，很有可能言不由衷。这种情况，独自面对比较好，让真情静静流淌。

谁知朋友们根本没听他发言，程霜担忧地说："也不知道要等多久，我想去买些包子，又怕走开会错过时机。"

智哥安慰她："没关系的，你尽管去，帮我带两个，我盯着。"

程霜说："包子有点干，再买点南瓜粥。"

刘十三大怒："买三斤茶叶蛋噎死算了！你们这么娱乐，难道是来看戏的？"

智哥大悟："茶叶蛋不错啊，我们一起去。"两人眉开眼笑往食堂走，刘十三张张嘴巴，周围女生的喧哗声涌过来，他顿时感觉到了客场危机。

刘十三摇摇头，又不是来打架，为什么汗毛都竖了起来？

旁边一名女生经过，斜着眼睛："他干吗？"

第二名女生说："谁的男朋友来送早饭的吧？"

第三名女生说："更像备胎。"

下楼的女生越来越多，目光直接扫射慌张的刘十三。小雨渐大，泥水横流，女生们欣喜不已："这么大雨，你们说他会不会走？"

"走了我看不起他！"

刘十三准备躲雨，听到这话也只好收回脚步，原地不动。

"不走的话肯定脑子坏了。"

刘十三听完，身子一晃，女性观众又有人暴喝："就知道他坚持不住！"于是刘十三走走停停，左右为难，全方位淋了个湿透。

正在舆论中彷徨，程霜、智哥打伞跑来，刘十三大喜，要去投奔他俩，接着目光穿过拎着包子的程霜、护住头发的智哥，穿过人群，直接看到一朵天蓝色的牡丹，嫩黄围巾，明亮如同盛开时抱到的一缕朝阳。

她白皙的脸冻到透明，没有擦发丝滴下的雨水，因为她的手正被握在另一双手中。握住牡丹手的人个子挺高，一米八，小平头，长得像隔离带的安全桩。

小平头对牡丹说："快进去，我下班接你。"

牡丹说："嗯，回去开车小心。"

刘十三第一次听到这么甜的声音，而且是从牡丹嘴里传出来，甜到发毛。他熟悉的牡丹不是这样说话的，牡丹会说，"好。"

那么多次，她不惊不喜地，平平淡淡地，说，我走了。

她不会提问，懒得回答，她对刘十三用得最多的语气词是，哦。

但应该毫无波动的牡丹，仰着脸，雨水打湿她笑眯的睫毛，软软地说："嗯，我这不是跟你来南京了吗，我还能去哪儿。"

日你妈又一个"嗯"！跟他说"哦"不行吗！你什么时候下载了新的表情包！

刘十三艰难地走向回忆，寸步难行。包子双人组觉察刘十三的脸色，再顺着他目光望去，顿时明白了一切。

智哥喃喃自语："这个情况，一目了然但不知道怎么下手。"

程霜把伞和包子塞给智哥，直奔那一对离别的男女，被刘十三抓住手腕。刘十三勉强冲她笑笑："我自己解决。"

程霜果断转身，智哥看她连扭两个方向如此干脆，困惑地问："你转啊转的，转呼啦圈吗？"

刘十三离牡丹越来越近，程霜说："不能插手，换成是你，发现被戴了绿帽子，你会不会请大家一起戴？"

智哥陷入认真的思索，程霜说："我们等等吧，男人的事情，男人自己解决。"

牡丹的笑容消失了，跟刘十三一样面无表情。

小平头夹在当中，脸色相当精彩。围观群众可以看到，他在数秒之间完成了疑惑，很疑惑，非常疑惑的情绪表达，像在解一道立体几何题。

牡丹问："你怎么来了？"

刘十三问："他是谁？"

小平头也问："你是谁？"

三个问题无人应答，却把紧张的气氛层层推向高潮。

屋檐下女生低呼："开始了开始了。"在场所有人仿佛等待歌剧开场，保持了客套的安静，但按捺不住期待的神色。

就在对峙三人沉默的间歇，女生宿舍五层楼窗户全开，顶着各种发型的脑袋探出，又缩回去，然后打个伞继续观看。

小平头首先沉不住气："他谁？"

牡丹说："我以前同学，找我有点事，你先走，上班别迟到。"

小平头是有智商的，他不可能走，开始回答刘十三："我是牡丹男朋友，你找她干吗？"

二楼顶着毛巾的女生喊："音量大一点！"

小平头估计听到了，真的大声重复一遍："我是她男朋友！你找她干吗？"

这个体贴的举动降低了观看门槛，博得观众的好感，有人说："看来那个 172 公分是想挖墙脚，被 180 公分撞到了。"

旁边有人提问："为什么挖墙脚的 172 公分好像很难过？"

立刻有人解答："注意观察墙脚，显然不喜欢被他挖，这么失败当然难过。"

刘十三没有搭理小平头，盯着牡丹："为什么不告诉我？"牡丹没说话，他低下头："你早点告诉我，我也不会缠着你。"

小平头怒槽满了，虽然他增加音量，面前两人却没跟他交流，他只好动用肢体语言，揪起刘十三的衣领。

四周一片高兴的欢呼。

小平头说："你什么意思？"

牡丹也低下头，眼泪流到鼻尖。刘十三的心越来越痛，不再逼问，努力缓和地对小平头解释："我不知道你们在一起多久了，但就在昨天，我还是她的男朋友，两年的男朋友。"

他冲牡丹笑笑："没关系的，我过来就是跟你说句再见，昨天火车开得太快，我没来得及。"

刘十三觉得这几句话基本得体，交代关系，解释剧情，甚至非常礼貌。围观群众纷纷面露不屑，对刘十三的角色设定感到失望，还好小平头能推动剧情，他大笑一声："你开玩笑吧，你算哪门子男朋友，她大一我就认识，每晚都跟我睡在一起，你算个什么东西？"

小平头用手指戳刘十三胸口，一戳一顿："你，算，个，什，么，东，西。"

刘十三一阵恍惚，想起这两年的许多清晨。

许多清晨，他站在校门口的站台，等牡丹回来。雾气没散，她从雾中跳下车，轻盈地向他走来。

他从没问过，也许勤工俭学上夜班，也许朋友家过夜，也许亲戚在城里有房子呢。没什么好问的，他这么告诉自己。他突然明白，那些清晨他没有问，其实是从牡丹眼神中读到，你别问我。

他根本就是知道的，一旦问出口，他就再也无法站在站台，等待那辆车了。

想念在雾气中游荡，往事也是。全部扭曲，飘忽，呈现空旷的画面。

牡丹紧张地拉着小平头："不要说了，你先回去。"

小平头看到刘十三一言不发，失魂落魄，已经被他完全轰碎，决定继续演讲，对牡丹说："回头跟你算账。"

他对刘十三说："我警告你，以后不要再缠着牡丹，见一次打一次。"

他对围观群众说："看什么看，这个智障有什么好看的，改天请你们吃饭。"

智哥忍不住赞美敌人："咦，这个奸夫怎么像外交官，讲话这么多方面的。"

程霜说："他不是奸夫，刘十三才是奸夫，不过感觉奸夫成了受害者。"

雨声清脆，刘十三推开小平头，轻轻一拉牡丹，让她躲进屋檐下。他满脸是水，说："我只有最后一个问题，为什么？"

小平头冲上前一拳，正中刘十三鼻梁，围观群众呼啦集体退一步，让出更大的舞台。小平头甩着手说："废物哪儿来这么多废话！见一次打一次，第一次，记住了！"

刘十三是个很没劲的人，小时候遇到别人打架，哪怕当事人是关系最近的牛大田，他都不去看一眼。长大了能道歉就道歉，能滚就滚。

他和牡丹两年，问问题都不敢，最勇敢的就是昨天和今天。

这么没劲的人，一个趔趄倒在泥水中，被小平头暴捶，看得人连愤怒都没有，只剩心酸。

智哥扑上去想帮忙，程霜拦住他，冷静地阻止："他说要自己解决。"

智哥说："眼睁睁看他被打，传出去也不太好听。我是为了名声考虑，绝对不是为他。"

刘十三已经受到一分钟的持续输出，程霜深吸一口气，毅然决然说："我们还可以为他加油。"说完她有节奏地鼓掌，大喊："刘十三，加油！刘十三，加油！"

她喊得认真而且动感，双腿左右腾挪，飞快带起了节奏，令智哥情不自禁跟着大喊："刘十三！加油！"

从那句睡了两年开始，刘十三感觉自己悬浮到了上空，他望着躲雨的流浪猫，望着肮脏的月季叶子，望着塑胶跑道，他就是不想看自己的躯体是怎样倒下，怎样地哭。

奇怪的加油声把他喊回了现场，刘十三这才发现，自己被打成沙包，下意识劈出一掌。

小平头蒙了，他没想到刘十三会还手，硬吃了一个耳光，更出乎意料的是，居然毫不疼痛。

还击出现，围观群众情绪激昂，跟着程霜一起喊："刘十三！加油！"

有人问："刘十三是哪个？"

有人答："管那么多！反正往死里加油。"

被冷落的牡丹也没闲着，抽空回宿舍拿了伞，这时候撑起来罩着小平头说："我跟你一块儿走，别打了。"

程霜一愣，无名火燃烧，问旁边女生："劳驾，借个伞。"

女生说："为啥？"

程霜说："为了正义！"

女生呆呆地把伞递给程霜，她撑着伞罩住刘十三，指着小平头："王八蛋，决战到天亮。"

遭到挑衅的小平头怒不可遏，一脚把刘十三踢出老远。程霜赶紧跟过去，继续用伞罩住刘十三，怒骂小平头："大家都有撑伞的，来啊王八蛋。"

牡丹急得跺脚："你们不要添乱好不好？智哥，你劝劝十三。"

智哥吐了口口水："正好我有些话想劝劝你，说来话长，要不你滚到一边，我慢慢讲给你听。"

牡丹不再说话，小平头猛踩刘十三，刘十三咬紧牙关反扑，锁住他的双腿，两人绞成麻花，泥水中互相纠缠。战况惨烈，智哥也冲过来为刘十三撑伞。

因为行动受限，双方只能靠翻身来进行位移，程霜、智哥两人的伞死死罩在刘十三上空，他翻到左边，伞就罩到左边，他翻到右边，伞就移到右边，绝不照顾小平头。

楼上的观众十分郁闷，整个战场只见两把伞在跳小天鹅舞，下面的人打得怎么样了，死没死，流多少血，一点儿看不清楚。

一个短发妹摘下眼镜，感慨说："虽然热闹没有看成，但这几把伞实在很热血。"

旁边室友赞同说："确实炸裂，大家全部湿掉，不知道这几把伞有几把意义。"

小平头奋力挣脱！刘十三垂死挣扎！小平头击中刘十三胳肢窝！刘十三控制不住笑了一下！刘十三泄气了！小平头骂他武大郎！刘十三重整旗鼓！小平头终于被打到脑袋！小平头一声怒吼！刘十三嘴角出血！牡丹哭了！程霜也哭了！

刘十三仰面躺着，打到脱力，半张脸泡在泥水中。两个女孩举着伞，眼泪吧嗒吧嗒，比雨下得还凶猛。

牡丹抱住小平头，放声大哭："你不要再打了，你再打要把我打没了。"

小平头摇摇晃晃说："你服不服？"

刘十三笑了，勉强睁开眼睛，天空中一万滴眼泪坠落，说，再见。

真困，他想，该做梦了，再见。

4

回程出租车上，一直静默的刘十三终于感觉到疼痛，大呼小叫起来："掉头！掉头！送我去医院！我需要临终关怀！"

程霜说："临终是谁，他为什么要关怀你！没想到你不但做第三者，自己还有第三者。"

智哥解释说："刘十三是说他快要死了。"

程霜说："才这么点小伤，怎么会死。"

智哥解释说："太丢脸了，羞愤到死。"

刘十三不屈不挠，继续喊："你们不是人！见死不救！我要包扎！"

程霜问："你哪儿破了？"

刘十三说："我牙龈流血。"

智哥说："我也牙龈流血，每天早上刷牙都红通通的，我妈以为我用的是草莓牙膏。"

程霜说："草莓牙膏甜甜的，我只敢偷偷用。"

刘十三求助无望，只好展开自救，摸摸全身，掏出一块电子表。

刘十三对电子表说："废物，长得跟创可贴一样，但你有什么功能？表带还是塑料的，擦嘴能擦出血。"

电子表嘀嘀叫，刘十三困惑地说："它为什么会响？"

程霜说："闹铃吧。"

智哥怒骂刘十三："大白天你定闹钟，不怕晦气吗？吵到别人睡觉怎么办？"

刘十三傻笑："我是怕补考迟到，定了提前一小时。"

话说完一片死寂，程霜好奇地问："什么补考？"

智哥笑出了声："他今天下午要补考。"

刘十三颤抖地问司机："师傅，你能飞吗？"

5

刘十三进门的时候，考卷已经分发完毕。

监考老师看刘十三鼻青脸肿，头发倒竖，浑身泥泞，走路一步一个脚印，皱了皱眉。不过好在他对刘十三印象挺深，四年来刘十三坚持听他课，勤奋做笔记，回回挂科，让这位老师明白什么叫朽木不可雕。

监考老师说："你迟到了，快。"

刘十三坐到位置上，闭目，平心静气半分钟，镇定地打开考卷，猛然看去，发现一道题也看不懂。他不敢相信，又猛然看去，发现字都不认识了。

连夜赶路，质问，打架。得知补考，吃惊，赶路。十几个小时，到这一刻，他的肾上腺素全部消耗完毕。

一下子毫无力气，压下的悲伤从全身每个缝隙冒出来。脑中穿梭着牡丹转身的背影，雨里的眼泪，他每个画面都按不住，只能反复轻问，为什么，为什么。

这时不在考场，会好过一点吧，他能睡觉，睡醒起来打游戏，跟智哥去跑步。做不到的话，可以蜷缩在被窝哭。

然而他偏偏就是在考场，桌子上摆着笔，笔压着考卷，监考老师虎视眈眈。

要是可以人格分裂多好，一个刘十三痛苦万分，满地打滚；一个刘十三稳定答题，下笔如有神。

思绪乱糟糟，刘十三的意识中，莫名其妙出现倒计时，跟寺里过年撞钟一样铛铛铛，震彻耳膜。

就在刘十三举手想放弃的时候，窗外蓦然有人大喊："刘十三！加油！"

不用抬头，他也知道是程霜。

这女生太可怕了，从来不管别人愿不愿意，能不能够，她就喊加油，喊拼命，而且还不是嘴巴上说说，她真的会拉着人去拼命。

真奇怪，童年还喜欢过她，要是跟她在一起，日子会颠沛流离吧。

程霜喊完加油，刘十三听到她踹人的声音，接着听到智哥大喊："刘十三！加油！"

两人齐喊："刘十三，加油！"

监考老师冲了出去，而刘十三就像走在迷雾里的人，那加油声是条隐隐约约的绳索。他顺着这条绳索跌跌撞撞振作起身，不管它会不会断，一心一意要看清楚山崖上的考卷。他心想，走过去，走过去，走过去就好了。

程霜和智哥说着对不起，被监考老师赶跑。刘十三也看见卷子上一道道题目，迷雾散开，明朗无比。经历千辛万苦的努力，锲而不舍的追求，那啥，还是一道题都不会做。

看清和会做，是两回事。

他握紧笔，哪怕看不懂题目，依然毅然决然要写答案。

刘十三写的正楷，横平竖直。小学起，他的本子上字字端正，行列整齐，深思熟虑才落笔，并不允许自己用涂改液。因为字里行间，如雕如刻，全部是他不可动摇的目标，全部都得做到。哪怕后来他明白，那不叫目标，叫愿望，对永远弱小的他来说，更应该叫幻想。

刘十三在考卷上写了一行字，正楷，横平竖直：加油！我会顺利通过考试！我会找到工作！拥有未来！

刚写下的字就立刻模糊，是眼泪大颗大颗掉下来。

他很加油，加到爆仓。他也不想要这样的人生。倒霉，无能，卑微，还窝囊地哭。不能哭，他忍住眼泪，憋回嗓子，发出了更奇怪的哽咽。

像热带雨林里，奇形怪状的鸟的叫声。

监考老师诧异地问："你还好吧？"

刘十三很好啊。他这么多年，能面对从小到大的怜悯。能面对不断的失去。能面对喜欢什么，什么就会离开。他靠一本写满幻想的笔记本，去习惯痛苦。

刘十三说："没事，我很好。"

说完他猛地站起来，盯着他看的补考同学们吓了一跳，椅子一齐发出挪动的吱呀声。他们终生难忘这个场景，鼻青脸肿的刘十三站在考场中间，以众生不知道的原因，用尽全身力气大哭。刘十三哭得上气不接下气，手里依然紧紧攥着一支笔。

考场的人不知所措。刘十三想，悲伤有尽头的话，到现在应该差不多了吧，从今往后也不会有更惨的事了吧，那么一次性流完眼泪，以后不要再这样了。

他一边哭号，一边大喊："我很好，我会好得不得了！我会重新做人！绝对不会再失败了！"

监考老师实在没想到，会迎来这么激烈的回答。

刘十三泪水滂沱，大喊："我很好，我会好得不得了！我会重新做人！绝对不会再失败了！"

监考老师惊恐地说："好的，我知道了。"

6

远处程霜跟智哥喝着奶茶，忽见考场外的那棵树上，鸟雀轰然炸起。

智哥说："你还担心吗？"

程霜说："怕他想不开，万一死了呢。"

智哥说："哪儿有这么容易死。"

程霜说："对有些人来说，找死轻而易举。我有个远房姑父，跟老丈人吵架，打牌一看三四五六八，脑溢血，死了。"

智哥惊奇地说："你讲话好像北欧电影，虽然刘十三喜欢哭，但越哭越坚强。"

　　程霜从背包里掏掏，掏出一堆药瓶，并排摆在石桌上，每瓶倒出几颗，变成手心一大把。在智哥震撼的注视下，一口塞进嘴巴，仰着脖子用整杯奶茶灌了下去，咽得无比艰辛。

　　智哥结结巴巴地问："你这是吃药？"

　　程霜说："对啊，抗癌药。"

　　智哥结结巴巴地问："啥……抗啥……"

　　程霜咂咂嘴巴，打了个嗝，说："吃饱了。小时候查出来的，医生说我只能活一年，结果我活到现在。"

　　智哥接不上话，大脑处于当机，傻不楞登望着笑嘻嘻的女孩。

　　她说："本来在旅游，谁想到会碰见十三，哈哈哈哈。对了，我要走了，你替我转交个东西给他。"

　　望着呆若木鸡的智哥，她眨巴眨巴眼睛，说："你是不是想问我，还能活多久？"

　　智哥语无伦次地摇头："不是不是……"

　　她说："反正我不知道。可能明天就仆街了。"

　　雪停了，雨也停了，冬日的阳光并不温暖，平稳又均匀，但阳光里程霜的笑脸那么热烈，她说："我就不死，怎么样，很了不起吧？"

　　智哥喊："那你还来吗？"

　　已经走远的程霜在阳光下挥挥手，不知道她是说再见，还是说不。

7 /

智哥把字条交给刘十三说："程霜给你的，不行我得回去睡觉。"

刘十三独自站在走廊，打开字条，上面很短的几行字：

喂！

这次不算。

要是我还能活着，活到再见面，上次说的才算。

身边欢快的同学来来去去，没几个认识。补考失败的刘十三心想，上次说的什么？为什么这次不算？

8 /

刘十三补考失败，只能重修。然后重修失败，差点拿不到毕业证。他给导师送澳大利亚香橙，导师问："你平时挺稳妥的，关键时刻掉链子，要找找原因。"

刘十三解释说，考运不好，所以我收到的结果，对应不上我付出的过程。

导师帮他争取学位证，补齐了学分，千辛万苦毕业。

毕业的刘十三更加勤奋，深夜偶尔思索：程霜去了哪儿？莫名其妙出现，又消失，两回了吧。得绝症的人不是应该掉光头发，去做几件重要的事吗？那部电影叫什么来着，哦，《遗愿清单》。她这么闲，还带他去外地打架，一点生命的紧迫感都没有。电话号码也不留，这年头都用微信了，难道我用漂流瓶找她？推理下来，估计她哪怕得了绝症，也是慢性发作那种。听说有些人身患大米过敏症、伤心乳头综合征，都治不好，但活得如火如荼。

刘十三翻个身，心想：她不会真的死了吧？

他这么想过几次，次数不多，时间要留给其他事情，尤其是工作。

因为毕业那天，他在笔记本上，横平竖直写好：

加油，我会找到工作，拥有未来。

有人哭，

有人笑，

有人输，

有人老。

Chapter

5

城市多少盏灯

1

毕业之后，智哥想去南京，大城市工作机会总是多一点，但算了算存款，只能苟活在四线小城。他有了决定，说："我们先在这儿打工，赚一年钱再去南京，你觉得呢？"

刘十三心想必须去，牡丹在那儿。他虽然接受了失恋的事实，却动辄燃起新的希望。或许过了很久，会跟牡丹重逢。或许牡丹已经结婚，有了孩子，那不要紧，没人比他更爱她，所以她一定会离婚。到时候南京街头相遇，她牵着小孩，小孩手里冰激凌掉到他脚边，她赶紧说对不起，一看，是他的脸。

智哥听他述说幻想，叹口气出门，当晚找了网管的工作。托他的福，刘十三没花钱上了一夜的网，发出去几十份简历，还收到了不少面试通知。

2

一年转眼消逝，刘十三极具突破性，他连续度过各家公司的试用期，没有获得一次转正的机会。

傍晚回到出租屋，屋内景色和大街上的雾霾一样昏暗不清。

刘十三按开关，灯没亮，停电了。

刘十三走到阳台，全城灯火辉煌，两人凑钱交的房租，缴纳电费都有点艰难。门吱呀一声推开，智哥脚步蹒跚，叼着烟头，跌跌撞撞和他并肩而立。

刘十三说："睡一会儿吧。"

智哥说："上班真累，老子一开门体力就用光了。"

刘十三说："你不是夜班吗？"

智哥说："干，跟老子说是夜班，还以为经常熬通宵的我轻而易举，没想到夜班长达十八个小时，晚上去晚上回。说到这里，我仿佛又要去上班了。"

刘十三："坚持，你比我强。"

智哥靠着墙壁缓缓坐下，整个人埋在阴影中："十三，我这么拼还交不起电费，生活是不是太残酷了？"

刘十三问："你游戏里那杆圣龙烈焰枪要多少钱？"

智哥挣扎着喊："橙武你懂吗？橙武！那是无价之宝，你不要用钱来计算。"

刘十三踢他一脚，走回客厅，来了条手机短信，是入账消息，王莺莺给他转了五千块钱。刘十三立刻给她打电话："王莺莺，你是不是赌博了？"

那头传来王莺莺不耐烦的声音："小卖部的分红，你现在明白有个产业多重要了吗？"

刘十三狐疑："小卖部什么时候那么赚钱了？"

王莺莺话锋一变："对，赚钱不容易，这可能是你收到的最后一笔分红了。"

刘十三道："这明明是第一笔。"

王莺莺虚伪地咳嗽："我身体一天不如一天，现在进货都搬不动箱子，你再不回来，我给你打下的江山就要没了。"

刘十三劝道："没就没吧，你把铺子盘掉，到城里付个首付，我每天带你吃鸡蛋灌饼，城里都用电动麻将桌。"

王莺莺说："人都不认识，打什么麻将。"

刘十三说："一开始都是陌生人，多讲几句不就熟了。"

王莺莺说："我花了一辈子交到的朋友扔掉，去城里认识陌生人？自己有的不要，为什么老想那些没有的。"

刘十三陷入深思，说："你看你看，每次都聊不下去，你坚定地不肯来城里，我坚定地不肯回镇上，以后咱们别谈这个话题了，伤感情。"

王莺莺说："除了钱我们还有什么好聊的。"

沉默了一会儿，刘十三说："王莺莺，你过得好不好？"

王莺莺说："很好啊，你呢？"

刘十三说："我也很好。"

在一百多公里外的山林小镇，小卖部多年后还是那样，没有变新，也没有更旧。月光像一块琥珀，凝固住了这七十平米。

柜台玻璃粘粘补补，不知道破过几次，洗头膏罐子如今腌上咸菜，桂花香水瓶种了株水仙。在它们中间，端端正正地供着台电话机，机身贴着一张照片。照片是电话安装那天拍的，童年刘十三咧着嘴，拿起话筒贴在脸边，扭扭捏捏。

王莺莺放下电话，自言自语地说："看来你真的不回来了。"

收音机唱着越剧，她呆呆听了一会儿，吃两口炒饭，说："哎呀，没放盐。"

桔梗和栀子次第开，空气中淡淡香气。刘十三房间的窗帘刚洗完晾干，风一吹，窗帘轻动，写字台上整齐摆一摞作业本。王莺莺摘掉胳膊上的套袖，坐在院子，美滋滋地点根烟，抬头眯起眼望望桃树，说："你老了。"

她拍拍桃树，弯腰抓了把泥土，收音机却没声了。外孙留给她的，太陈旧，她到镇尾换过几次零件，修电器的陈伯拼尽全力鼓捣，说，这机器太老，用不了多久。

都老了啊。

眼泪翻越皱纹，又瘦又小的王莺莺用袖子擦擦脸颊，手里紧紧攥着土，说："你真的不肯回来，但我也真的老了。"

3

房东王阿姨跳完广场舞，给刘十三介绍了份工作。一家保险公司新开张，需要门口一对童男童女捧花篮撒红包。次日，刘十三和王阿姨套上玩偶服，在保险公司门口载歌载舞。

本来王阿姨比较出彩，多年广场舞的锻炼让她的童女舞得有套路，有节奏，但刘十三这次是拼了，一开始还跟着王阿姨的脚步扭动，后来看到保险公司领导出来，动作一下非常剧烈，艳压王阿姨。

王阿姨手捧花篮，刘十三头顶花篮。王阿姨跑步发红包，刘十三飞跃撒红包。王阿姨左右摇摆好可爱，刘十三跳起来比心，空中转体飞吻。

保险公司门口人越来越多，小区群众听闻有个玩偶发疯，嗑了药似的。

刘十三苦心未曾白费，保险公司领导注意到了他，微微点头："这个玩偶很有活力啊！"

刘十三大喜，当场下腰，结果玩偶服太过笨重，直接倒地。围观群众以为又是什么新动作，没人上前帮忙。刘十三心急火燎，连续蹬脚，终于蹬到个啥，翻身而起。在一片惊呼声中，扶正头套的刘十三看看眼前，心情跌落谷底，他把领导蹬飞了。

员工们集体搀扶领导，王阿姨扮的童女笑盈盈地继续载歌载舞，小伙子，让你能，看你能的，你咋不上天呢。

领导挥挥手，阻拦试图替他拍灰尘的员工，宽容地笑："年轻人嘛，就需要这种风风火火的精神！"

领导当然气，气得不得了，想把玩偶里的人拉出来活埋。但他决定，不可以让群众觉得他跟一个玩偶计较。

领导这个行为就很高级，很多明星做不到。明星产生矛盾，都隔空骂来骂去，今天你上头条回应，明天我上头条回应你的回应，一个说，她劈腿！一个说，他骗钱！两个人唧唧唧互相捅刀子，一开始大家还感兴趣，后来发现都捅不死，越捅越有钱，只能骂一句狗男女。

还不如保险公司领导，他说完这个话，群众鼓掌。

刘十三灵光乍现，摘下头套说："领导，我想做你们的员工，可不可以？"

这就尴尬了，领导惊愕，路人无语，王阿姨目瞪口呆。其实刘十三是最尴尬的，可今天他与众不同，羞耻度直达人生巅峰。

领导勉强说："我们员工招满了。"

刘十三说："没关系，我做备胎。我就佩服你的气度，想跟在你身边学习！"

这话是跟电视剧学的，十分灵验，领导顿时无计可施，面向群众做模范："各位朋友也看到了，我们招收员工没有门槛，只要肯努力，大门就向你敞开。"

掌声雷动，领导满心憋屈，得知刘十三好歹算大学毕业，觉得舒服了一些。

领导说："我还以为你是来敲诈的，哈哈哈哈。"

刘十三说："不敢不敢。"

领导说："我剪完彩就走，你不要跟着我，你就待在此地，不要跟着我。"

说着仿佛刘十三会贴上来，中年男领导退后几步，飞快走了。剩下的都是保险公司员工，他们看着刘十三莫名其妙混进队伍，自豪的脸色暗淡无光。

4 /

试用期三个月，刘十三打骚扰电话，发传单，走门串户推销，一事无成。每月五单的绩效考核及格线，三个月他离成功一共差十五单，意味着颗粒无收。

经过赌咒发誓，单位勉为其难，又给他延长一个月试用期。刘十三感恩戴德，仓皇下班，幸亏王莺莺转的钱他省吃俭用，基本没怎么花。惆怅的刘十三打算找智哥诉苦，智哥夜班没结束，只好独自觅食。

租的屋子就在学校旁的窄街，他摸摸肚子，走向常去的烧烤摊。

摊主的孙女放学，用推车旁的塑料板凳写作业。唯一一盏应急灯挂在孙女头顶，老太戴着厚眼镜，脸正贴着肉串细细撒孜然。

刘十三说："吃饭。"

老太说："真烦，等等。"

她牙齿漏风，直接把孜然粉吹到炭火上，腾地蹿出火苗，仿佛表演魔术。

刘十三早就习惯，然而老太面前的顾客第一次来，倒吸冷气："婆婆你别靠那么近好吧，让不让人吃？"

孙女停住笔，和刘十三一起鄙视地看着顾客，开玩笑，不靠这么近如何能看到肉焦不焦，如何能判断辣椒够不够？显而易见，这人没吃过南方老太的烧烤，精细到纳米级别，现在进行的就是老花镜微距操作，爱吃吃，不吃滚。

老太对顾客的抱怨充耳不闻，怕了吧，这就是长者气质，再啰唆老太就会中风，在场顾客一个都别想跑掉，刘十三就是见证人。

顾客心存担忧，扭头问刘十三："你经常吃？"

孙女不愧是无知的小孩，这样的场面依旧不知好歹抢答："他才不吃，他嫌烧烤太贵，每次只点一份炒饭。"

刘十三大怒，小破孩为了侮辱他，居然不顾自家生意，竖子不足为谋，小学生就是坑逼队友。

孙女又说："不过他馋很久了，肉串你要是不吃，我们半价给他。"

顾客紧迫地付钱拿货走人，孙女从容落座。老太磕了蛋到锅里，准备炒刘十三的饭。孙女看着数学题，目不斜视："奶奶你多放了个鸡蛋。"

刘十三一阵悲凉，这就是穷人的斗争，要么进行智商上的攀比，要么用鸡蛋进行反击，手段一个比一个寒酸。

孙女说："你帮我改改作业吧，抵充蛋钱。"

刘十三赶到网吧，正碰见智哥吃耳光。流着鼻血的智哥身边围着群高中生，他满面笑容，费力跟人解释。

看到这些高中生，刘十三就来气。大好光阴天天玩游戏，像他刘十三，高中时代起早贪黑，外婆强行关灯，他依然点蜡烛背单词，这么刻苦用功，最后还不是考砸了。

金发高中生说："赔手机。"

智哥说："我最多帮你调监控，看看是谁拿的。"

金发高中生说："看什么监控，我来你这里上网，手机被偷了，当然问你要。"

智哥说："报警行不行？"

金发高中生说："报警抓我们？欺负我们未成年人不能上网？去你妈的，我先砸了你这个破网吧。"

四五个人立刻举起电脑屏幕，智哥抹掉鼻血，把脸凑上去说："别别别，要不你再打我两下出气。"

金发高中生说："砸。"

刘十三站到他面前，说："两千块，再多没有。"

网吧后门，智哥忧伤地吐了口烟雾："钱以后还你。"

刘十三说："不急。"

智哥说："老板又扣我薪水了。"

刘十三说："拉倒，就当给他买棺材。"

智哥说："十三，我想走了。"

刘十三接不上话。

智哥说："我要去更大更现代的城市，我要闯荡天下。你记得吗，我们刚住一间宿舍，第一次喝酒，我就告诉你，我要成为引导潮流的歌手，这个梦想搁置太久了。我一直没有向前走，并不代表我忘记。"

智哥说："我昨天问自己，回老家找个姑娘，聊天都用方言，给全世界唱歌，不如她一个人鼓掌，这样不好吗？"

智哥说："不，不好。比如，其实你也可以回老家，掌控一个小卖部，请表嫂当柜员，每天骂她服务态度不好。你说你想要的生活是找个好工作，买房子，娶媳妇，我没有办法给你建议，这些计划，我光是想想就很累了。"

刘十三全程当听众，智哥一扔烟头："走，不管这个破网吧了，荼毒青少年，发的是国难财。呸。"

5

身处第四个月试用期的刘十三到处奔走，毫无建树。转机出现，手机收到组员吴嫂微信，喊他回公司开月度会议。

回公司好，冷气十足，一次性杯子和饮水机备齐，电脑还有蜘蛛纸牌，不过月度会议是什么东西？莫非跟高中模拟考一样，考零分座位是不是要被调到最后面？现在座位已经贴着仓库，再往后就是巷子，那个巷子还不错，卖小龙虾的挺多。

刘十三设想着最坏的可能，赶到会议室。

会议室气氛怪异，平时开小会，同事都是聚在一起说客户坏话，说到开心的时候再批评刘十三，于是大家更开心。此刻鸦雀无声，集体规规矩矩，吴嫂都没有嗑瓜子。

看到刘十三进来，吴嫂赶紧说："侯经理，人齐了。"

刘十三循声望去，看到侯经理的背影。

一切经理好像都这样，背着双手看窗外，欣赏一览无余的城市全景。但他们公司在一楼，窗外车水马龙，侯经理目不转睛，莫非在偷窥等公交的小姐姐。

侯经理个头高高，剃着小平头，孤身仁立，像在窗前放了个安全桩。

说到像安全桩的小平头，刘十三记得有个情敌也长这样。侯经理转过身，真的是情敌。

曾经有人握着牡丹的手，说："快进去，我下班接你。"

天蓝色的牡丹，嫩黄围巾，明亮如同盛开时抱到的一缕朝阳，她仰着脸，雨水打湿她笑眯的睫毛，软软地说："嗯。"

那天雨夹雪，那天特别冷，刘十三精神恍惚，眼睛却一直盯着侯经理。

侯经理说："都坐。"

他居然仿佛没事人，搞得刘十三不知如何应对，听他风度翩翩地自我介绍："大家好，初次见面，我是负责华东区的经理，你们叫我小侯吧。"

大家哪儿敢喊他小侯，都喊："侯经理好。"吴嫂尤其谄媚，刘十三听得分明，她喊的是侯总。

侯经理又说："首先恭喜你们分公司成立一季度，我查看过业绩，表现很好。第一名是吴梦娇。"

他说的是吴嫂，长得像程咬金。虽然吴梦娇自述经验，要热爱客户，交心沟通，拿出实打实的诚意，但刘十三一度怀疑她动用了武力。

侯经理说："短短一季度，吴梦娇签下了四十多笔保单。新出的重疾保险，她以个人之力，强推十五份，开疆拓土，可以说是保险推销界的成吉思汗。"

按照趋势，接下来可能诞生保险推销界的文成公主、岳飞、申公豹、刘禅！外号称呼层层降级，甚至八大散人，轮到刘十三，说不定是保险推销界的武大郎！

充分进行猜测的刘十三心想，呵呵，我是武大郎，你不就是西门庆。

又觉得不对，武大郎还是比西门庆倒霉，刘十三掂量掂量，宁愿侯经理说他是保险推销界的牛大田。

没想到侯经理跳过了诸多渴望获得封号的同事，直接点名刘十三。

"我也注意到，公司里有人试用三个多月，还没有实现零的突破。"

无数道目光识趣地射向刘十三。

"巧的是我以前认识他，大学里面就不怎么样。本来以为他会珍惜这个宝贵的工作机会，可惜……他再次向我证明了他的失败。"

侯经理抱着胳膊，站在窗前，刘十三那瞬间觉得很奇怪，大家都是年纪差不多的人，四肢健全，智商相差不远，为什么其中一个便可以随意评价另一个？

莫非他觉得自己是成功人士的标杆？被女人甩就是失败？业

绩为零就是失败？

　　刘十三愤怒地发现，咦，好像真的是这样。

　　侯经理也不算真的成功，刘十三认为。他现在明显很把刘十三当回事，开个会来羞辱他。智哥大三在汽车4S店打工，来往的人物都是全款提车的有钱人。他说："一次客户试驾，跟我聊天，打算开车去山区。我提醒客户，这款车不越野，只能走平地。客户说，没关系，我去修条路吧。在我眼里，他英俊无比。"

　　刘十三问："那在他眼里，你会不会很丑？"

　　智哥缓缓说："成功人士不会看我们的。比你强的人，要么对你怜悯，要么对你无视。"

　　侯经理嘲笑刘十三，努力打击，说明大家依然在同一层次。

　　侯经理说："听说你额外获得了一个月，假设绩效上不来，很遗憾，我们公司不会收留你。哦，说错了，一点都不遗憾，没有公司想要失败者。"

　　同事们哈哈大笑。

　　"侯经理真幽默。"

　　"侯总说的话精彩，鞭策了我们。"

　　吴嫂笑着推推刘十三："你也说两句，表表决心。"

　　见刘十三不动，吴嫂用力朝侯经理笑，继续推他，小声说："讲两句这事就过去了，态度好点儿。"

　　刘十三站起来，口齿清楚地发言："侯经理，我并没有失败，因为还有一个月。"

吴嫂赶紧说："对对，一个月五笔订单，有可能有可能。"

侯经理皱起眉头，吓了吴嫂一跳，她立马改口："但刘十三的话……就没希望，毫无希望，没希望啊，一点儿也没有。"

侯经理说："好，一个月，我等你。另外……"

他贴到刘十三耳边，说："我们订婚了。"

说完这句话，他向大家双手合十表示谦逊："今天就开到这里吧，我还要赶飞机，不多说了，加油，努力。"

刘十三迈着轻飘飘的步子，脑子轰鸣，一步一晃。他以为，有关牡丹的任何消息，到今天很难撼动他，哪怕他假想起牡丹和别人的婚礼。现实中那个雨天握住牡丹手的小平头，穿越时空走到他身边说，我们订婚了，依然炸得他四分五裂。

吴嫂陪他走了一段，絮絮叨叨："小刘，你试用期到现在从不休息，这样，给自己放两天假……我们这个行业其实是自由职业，没有规定的工作方式……你要是在街上找不到客户，不妨考虑下你最好的朋友，最亲的家人，对吧，他们就当给你的未来投资……"

吴嫂是好心，对世界失去触觉的刘十三也知道，他点点头，拿着保单文件回家。

楼门洞一滩积水，是楼上空调漏下来的，无人理会。小区建造初期颇为时髦，号称首批小户型楼群，专门为有志青年打造。有志青年是不会买小户型的，几年过去，小区变成租户聚集地。

刘十三站在门口，钥匙摸了半天，拿不出裤兜。

他的手在抖。

他的腿也在抖。

他站不住，靠着门滑下来，嘴角尝到一颗眼泪，呼吸困难，全身发寒，像几年前冬至的雪，一直落一直落，终于埋到了咽喉。

6

智哥收拾好行李，等刘十三下班。

智哥不能给刘十三找到工作，不能借他钱，不能帮他买房子，但是智哥尊重他。话说回来，要是智哥能做到前面三点，他们也做不了朋友，刘十三天天喊他干爹。

刚认识的时候刘十三朴实勤奋，还肯听智哥唱一晚上歌。智哥觉得此人虽然无聊，但脾气甚好。后面一项优点随着熟悉变成了缺点，现在想来，刘十三各方面都很平凡，如果想要这样的朋友，只要到天桥往下望，行走的全是刘十三。

他曾经想把刘十三写成一首歌，歌词是这样的："我有个朋友叫刘十三。"

开头这一句就没写下去了，刘十三完全没有什么可写的。

为智哥送行，两个失败的穷人喝酒聊天，没什么精彩的话题，充斥唉声叹气，贫贱朋友百事哀，到后面两个人还虚伪起来。

智哥说："等你发达了不要忘记我。"

刘十三说："一定一定，你把地址给我，我有空去看你。"

智哥说："我注册了视频直播，酒吧歌手混不出头，我就直播七十二小时唱歌不停歇，唱到吐血，以命搏命，总能吸引点粉丝。"

两人喝完，智哥不肯睡，拿着吉他非要唱《朋友别哭》。

> 有人哭，
>
> 有人笑，
>
> 有人输，
>
> 有人老。
>
> ············
>
> 朋友别哭，
>
> 我依然是你心灵的归宿。
>
> 朋友别哭，
>
> 要相信自己的路。

难得刘十三忍住眼泪，智哥却哽咽得唱不下去。他把吉他递给刘十三："给你做个纪念吧，再见面不知道要过几年。你钱不够，就把它卖了，签名版，还值几个钱。"

刘十三抱着吉他，醉醺醺地说："两千块不用还了，等你出唱片的时候，就当我买了二十张。"

早上刘十三醒来，智哥已经离开。

这座城市，对刘十三来说，从此只有他一个人。

地上摆着吉他，房间里似乎还在回荡智哥的歌声，朋友别哭，要相信自己的路。

7

刘十三终于卖出去保险了。一单，客户签字，刘十三热泪盈眶。组员们簇拥着刘十三，齐声要他请客。

吴嫂也很高兴："必胜客吧，我儿子最喜欢吃。"

秃头同事揽着刘十三："必胜客不能喝酒，去川鱼馆吧！就在前边。"

五斤香辣豆豉鱼、五斤泰式酸辣鱼、三瓶白酒，刘十三看看价格，还好酒不太贵。

秃头同事喝得有点多，抱着刘十三说："兄弟，其实我很讨厌你。"

刘十三说："我知道我知道。"

秃头同事眼泪汪汪："但我更讨厌自己。几十岁的人了，终于有了点小小的成绩，但那又怎么样。我虽然比你强得多，但我不应该看不起你！"

刘十三说："我理解我理解。"

秃头同事振臂高呼："欢迎你，欢迎你刘十三！欢迎你进入保险行业大家庭！"

啪啪鼓掌声，接着同事们又进行了抓钱舞表演，点名游戏，展现了丰富的企业文化，直到有人脸色突变，拽拽别人衣角。

秃头同事明明喝醉，桌子底下翻翻手机，若无其事地说："领导喊我加班，先走先走。"

同事们一哄而散，没人回头。吴嫂最后一个走，在门口迟疑一下，说："我们组有个微信群。"

刘十三说："嗯。"

吴嫂说："里面没有你。"

刘十三说："嗯。"

吴嫂说："侯总回来了，喊大家去 KTV 唱歌。"

刘十三说："嗯。"

吴嫂说："那我走了。"

刘十三说："好。"

刘十三一个人坐在桌边，杯盘狼藉，手机响了，是吴嫂发来的。

"小刘，对不起，侯总发现我把单子让给你了，刚刚要求重新计算。我也没办法，这单我拿回去了。对不起。"

刘十三回了一条："谢谢吴嫂，没关系的，我会更加努力。"

他收起手机，喊来服务员结账，最后的两千花出去一千六。

8

再次业绩为零的刘十三徒步回家，路过消夜街。大学时期的蓝色塑料棚被市容整顿，还在经营的是一些屡教不改的顽固分子。依旧有学生坐在小板凳上，只是人少了许多。以前的早已离去，如今的更喜欢点外卖。

刘十三停住脚步，似乎能一眼看到那零散的学生中，有个叫牡丹的女孩子，仰着干净的脸，对着筷子上的粉条吹气。似乎听到自己说："你一定没吃过梅花糕、鱼皮馄饨、松花饼、羊角酥、肉灌蛋……"

似乎听到蓝天百货的音箱在放：

没什么可给你

但求凭这阕歌

谢谢你风雨里都不退

愿陪着我

暂别今天的你

但求凭我爱火

活在你心内

分开也像同度过

刘十三浑浑噩噩，被嘶哑的声音拽回现实："喂，小炮子，过来。"

他的确很饿，因为饭局上一口也没吃。烧烤摊黑乎乎，基本依靠后头百货店的射灯，只吊起一盏应急灯，照着做作业的孙女。老太斜着眼看他，弓着腰招手。刘十三走过去，老太说："老规矩，炒饭？"

刘十三说："我不饿。"

老太说："小炮子骗哪个，每天上班带瓶水，就等着我这一顿，坐好了，不要走。"

刘十三沉默地坐下，写作业的孙女眯着眼睛冷笑，刘十三咬牙说："我没钱了。"

孙女说："我知道。你一直没钱。"

刘十三又说："我很努力，但从来没拿到过工资。我对自己说，我可以更努力，可我快被辞退了。"

孙女压根儿不理他，推着本子说："帮我检查一下作业。"

刘十三眼泪止不住，说："我是不是真的不行？"

老太端着饭过来："先吃饭。"

刘十三低下头，一盘热气腾腾的炒饭放到他面前，加了蛋，还有午餐肉和金针菇，豪华得不成样子。

囡囡说："你帮我改作业，这顿当我请你的，奶奶，从我零花钱扣。"

老太说："请什么客，你这么小一个人，花钱大手大脚打死你，我送的。小炮子，人有一口饭吃，还怕什么，到哪里没有一口饭吃。"

　　刘十三真的饿了，他挖了一勺饭塞进嘴里，所以说南方的烧烤摊就是厉害，蛋炒饭都做得蓬松柔软，菜油和鸡蛋的香气饱满地灌进灵魂，暖融融的让人又想掉眼泪。

　　刘十三攥着最后的四百块，加快脚步，走进蓝天百货。店铺临近打烊，他问老板："你们负责安装吗？"

　　老板点头，刘十三摊开手掌，说："两百块买灯泡，送到门口烧烤摊。一百块买线材。剩下一百块，是给你的电费，能用多久是多久吧。"

　　刘十三远远望着老板把灯串挂起来，应该有几十个，正好绕着烧烤摊一周。

　　这座城市的夏夜，在刘十三路过四年的街道，有个烧烤摊如同小小的宫殿，明亮的光无处不在，老太和孙女惊奇地仰脸打量，眼睛里都是星星。

9

　　小学六年级时学校组织春游，去了县城天文馆。头顶布满恒星和旋涡，罗老师喋喋不休，好像会催眠，刘十三的思维随着她的声音离开地球，离开银河系，来到极遥远极遥远的地方，他感到恐惧，一回头发现地球缩成小光点，渺小得等于不存在。

　　刘十三躺在出租屋，飘进记忆中的浩瀚宇宙，无穷空间浮起画面，是个姑娘，那姑娘好像扎着马尾辫，笑意盈盈，那姑娘又像站在火车站台，背影被汽笛声拉长。

自己喝了几罐米酒，哪儿来的米酒，奇怪，怎么王莺莺在说话，你说干我就干啊，好吧好吧，尊老爱幼，干杯。

二〇一六年初夏，刘十三醒过来的时候不知身处何方，有种回到老家的幻觉。阳光威严地穿过小窗，刺进他的眼皮，空气里还有腌菜和炒洋葱的味道。

"我有很重要的事情，

输了的话，

我就真的一无所有了。"

Chapter

6

一千零一份保单

1 /

刘十三测算过外婆的拖拉机时速，最高达到三十码，那是进完货赶一场麻将，从县里回小镇五十多里路，一个钟头跑到了。拖拉机保养得很好，据说是外婆用政府发放的养老金买的，后来外婆心疼柴油钱，开的频率越来越低。

恍惚间似乎坐了很久拖拉机，那种熟悉的感觉，贯彻童年。

刘十三揉揉眼睛，这不是做梦，真的在自己小房间里。桌边贴着海报，花格衬衣少年浮空在沙发听音乐，头顶三个英文字母：JAY。

床边堆着行李，出租屋的家当全部打包，四五个编织袋鼓鼓囊囊，他意识到一个极其不可能发生的现状：被外婆绑架了。七十岁的王莺莺勇破驾驶纪录，开了一宿拖拉机，把他绑回云边镇了。

2 /

王莺莺正在柜台剥豇豆，和她的小镇牌友围坐，众人好奇的目光飞过院子，注视刘十三居住的二楼。

三姑问："怎么大清早的回来，太突然了，出事了？"她其实在问："嘿嘿，你外孙倒啥霉了？"

六婆问："开车回来的啊？车停在哪儿呢？不上班了？"她其实在问："哟嗬，不要吹牛，骗我我就拆穿你，混不下去了吧？"

王莺莺拉过抹布，擦了擦手，流畅地说了一通瞎话："公司派车送的，说让他休假。他们领导也真洋气，年轻人吃点苦有什么大不了对吧？他们居然说，怕累坏公司的栋梁之材。还感谢我教出了这么好的外孙，感谢啥啊，我什么都没教，他天生就这么优秀。"

刘十三轻手轻脚贴着墙边，溜过院子，正好听到"栋梁之材"四个字，外婆居然动用了成语，外孙当场僵住了。

三姑不罢休，先胡乱附和了句："对对，你家十三从小就能干，哎，那什么，他工资有多少？"

王莺莺随随便便打了八百字的腹稿，滔滔不绝："工资我没问，说拿干股的，将来要去耐克斯巴达敲钟，敲钟无所谓，只要不是送终就行。钱还不是用来花的，我就关心他生活怎么样，你说顿顿外卖，鱼翅海参的，就算一顿几百块，吃了也不健康啊。"

六婆找到破绽，奋起反击："那怎么不找个保姆？"

王莺莺笑了，舌战群穷："像我家十三坐到耐克斯巴达敲钟这个位置，是要保守公司机密的，不能跟人住一起，没有保姆，只有秘书。"

王莺莺的谎言自成一体，三姑六婆不得其门而入，差点恼羞成怒。

三姑说："上班又不是做间谍，这么神秘。"

王莺莺说："你当过白领啊？"

三姑说:"没有。"

王莺莺说:"那你懂个锤子。"

王莺莺大获全胜,刘十三屡次想冲出去打断,但看看三姑六婆抓耳挠腮的样子,再看看王莺莺眉飞色舞的神情,想到一件事:行李七八十斤,他一百三,王莺莺怎么搬上拖拉机的?

刘十三沉默了一阵,回屋穿好西服衬衫,直着腰板踱着方步,加入战局。

他拿捏下语气,说:"赵阿姨、秦阿姨、张婆婆,你们都在啊?不好意思,一直加班,多睡了会儿。"

三姑六婆诺诺以对。

"应该的,注意身体。"

"我们就转转,回去了回去了。"

外人离开,祖孙俩四目相对,笑容双双突变。

刘十三怒喝一声:"王莺莺!你干吗把我拖回来!"

王莺莺抄起豇豆,拔腿奔向厨房,边走边说:"小王八蛋,不把你拖回来,死在外面我都不知道!昨天一进门,看到你惨得……哎哟,惨得不行,我心疼啊……"

刘十三跟在她屁股后头,义正词严:"住口,不要假哭,你怎么知道我住哪儿?谁跟你告的密?你是不是预谋很久了?"

王莺莺:"不跟你说了,我要炒豇豆了,山丹丹那个开花哟红艳艳……"

沟通失败，刘十三回房间给手机充电，发现未读微信几百条，首当其冲是自己被拉进了工作群。他心跳加速，进了公司的群，某种意义上，也算被一个集体接纳。

群里的信息向上拉，都是抢红包的讯息，夹杂员工们的表情包，喊着恭喜侯总、百年好合、早生贵子之类。

刘十三的手指慢下来。

在这个群里，他能看到的第一条终归出现，是张照片，KTV包厢内，男女面对面，男的正在给女的戴戒指。

刘十三的感知从未如此敏锐，他听见风自林间来，像轻柔的手抚摸每一株植物，有点潮湿，因为风里盛着小溪潺潺流动的声音。然后这些像潮水般退去，早蝉的鸣叫一层层涌上来，仿佛将他包裹进刺痛皮肤的麻布袋子，又闷又暗。

他开始耳鸣，体内演奏交响乐，最主要的乐器是心脏，血液焦躁地涌动，嘴唇发麻，头顶开裂。

刘十三发现，起初是前女友嫁人的悲伤，接着是自己不可描述的愤怒。

生气毫无意义，他从小告诫自己，但现在他极其愤怒，气炸了，用智哥的话说，气成狗。

工作群弹出几条新的讯息。

"侯总今天晚上聚餐，我们订几个人座？"

"哦，这个吴嫂来统计吧，试用期的就算了，不用来。"

"好的侯总，小刘正好也请假了。"

"请什么假？年假吗？那不如请一年假好了。"

"没关系的侯总，小刘不领工资，请多久的假对公司也没影响。"

"这样，作为新时代的领导，我做个决定，给小刘放一年假，在这一年里，小刘只要完成一单业务，我代表全公司欢迎他归队。"

工作群沉寂了几秒，噼里啪啦弹讯息。

"侯总这是有大将之风啊。"

"什么大将之风，秦皇汉武，不过如此，数风流人物，还看侯总。"

"一年做一单，我以为侯总是企业家，原来是慈善家，我想歌颂侯总。"

"多谢大家的夸奖，不敢当，我是这么想的，一年完成一单，如果做到了，那是微乎其微的成功；如果做不到，那是旷古绝今的失败。也好让小刘认清自己，早点规划下半生。"

刘十三深深吸了口气，打了一行字："这样不太好，一年的话，一千单吧。"

工作群再次沉寂。

刘十三又补了一行字："加上侯总安排的那一单，一千零一单吧。"

"刘十三，你有种，你要能做到，我这个经理的位置让给你。"

"那也不用，叫我一声爸爸好了。"

"我去你妈，你要不行，跪下来叫我爷爷。"

"开玩笑的，不跟你玩乱伦。做不到，我离开这个公司，也不待在这个城市了。做到了，不用你付出什么，这是我给自己的目标，跟你没关系。"

发送完最后一条，刘十三再也不看回复，手机锁屏，走到窗前发呆。

3 /

柴火灶台早就不用了，摆满瓶瓶罐罐，从胡椒到孜然，一应俱全。电磁炉炖着山药排骨汤，豇豆炒完了，王莺莺手持锅铲，站在煤气灶旁，聚精会神盯着一锅鱼。

这是泡椒江团！

抱着公文包的刘十三，本来打算辞行，奔赴远方去完成一千零一份保单，望见那锅鱼，不由自主咽了口口水。

家常做鱼，一斤半最方便入味。鱼身斜划七刀，刷一层料酒酱油，腹内涂盐，塞打结的葱、生姜块、蒜头，冰箱腌两个钟头。油烧八成热，先炸花椒，放鱼煎到两面金黄，倒进泡椒和一勺豆腐乳，加生抽、白糖、醋，中火烧沸，反复浇淋。半碗水小火轻煮，出锅的火候，就只有王莺莺知道了。

刘十三壮烈的心情，被一锅鱼搞得有点打折。

王莺莺说："快了。"

刘十三说："那我吃完再走。"

王莺莺说："你跑啊，我告你遗弃老人。"

刘十三惊问："要不要这么严重？"

王莺莺说："呵呵，我跪在天安门前告你。"

刘十三倒退一步，拍掌："精彩啊。我怕你？反正盗窃罪判不了几年！"

王莺莺一愣，说："你偷了多少？"

刘十三伸出手掌比画："五千。"

王莺莺上下打量他，说："不可能，钱箱一共才两千多，我刚数过。"

刘十三嘿嘿一笑，说："你钱箱锁起来了，我拿你床头柜里头的……"

话音未落，锅铲已经朝着刘十三砸过去。

院门砰地炸开，刘十三连滚带爬冲出去，站在门口喊："王莺莺你注意公众形象，我严重警告你，放过我行不行？"

一把漏勺飞出来，正中刘十三脑门，他捂着头喊："王莺莺，你多大年纪了，下手能不能有点轻重！"

王莺莺想想也有道理，下手还是太轻，拿出寒光闪闪的三叉戟，摆出杨戬二技能的造型。

这是叉腊肉的铁棍，已经属于正式武器，刘十三承受不起，二话不说转身就逃。

王莺莺这一追，连骂带砍，烟尘滚滚，在刘十三的惨叫声中，半里路一晃而过。

下课铃古老又清脆，刘十三蹲在围墙上，扭头一看是操场，被追到小学了。王莺莺拿铁棍当拐杖使，弯着腰气喘吁吁："你给我下来！"

刘十三说："下来就下来。"

他往围墙内一跳，爬树蹦上的墙，直接跳下去两米多，落地踉踉跄跄往前冲了好几步，依然站不稳，扑倒的过程中随手抓住个东西，摔得七荤八素。

脸部着地的刘十三疼到说不出话，艰难坐起身，才看到手里抓着块花布。

一群小孩刚准备解散，排成队傻傻望着他。刘十三抬起头，看见一双光溜溜的大腿，继续抬，看到一条内裤，再往上，看到气得脸色通红的程霜。

刘十三举起花布，迟疑地问："你的？"

程霜冷冷地说："对，我的裙子。"

刘十三递过去："那啥，好久不见，你还没死呢……"

程霜一把扯走，边套边说："流氓，他妈的流氓，你死定了……"

王莺莺举着铁棍，从校门口冲进来。刘十三慌慌张张地倒退，语无伦次："裙子我赔给你，但现在不是说话的时候微信转账都来不及我回头给你打电话……"

程霜拳头捏得嘎巴响，步步紧逼："你根本没我号码，你现在就赔给我！"

王莺莺大喊："你给我站住！"

程霜大喊："我打死你！"

刘十三看见王莺莺高举铁棍，一跃而起。程霜一拳带风，拳头在眼前放大。他只能紧闭双目，暴喝一声："阿弥陀佛！"

4

半小时后，刘十三浑身无处不疼，龇牙咧嘴醒来，结果动弹不得，心中惨然：王莺莺，你终于把唯一的外孙搞成瘫痪，等你年纪大也走不动，一老一少就这样躺在床上，四目相对，互相吐口水，你会不会后悔？

王莺莺不后悔，笑得十分灿烂："你醒了？来，小霜，我们捆紧点。"

刘十三定睛一瞧，人伦丧尽，自己被绑在椅子的靠背上。

刘十三怒斥："王莺莺，你在破坏我的前途！程霜，都是年轻人，你不要参与我们的家庭矛盾！"

程霜忙着翻他的公文包，掏出一沓文件，王莺莺凑近了观察，殷勤地说："这啥，我看他特别宝贝，被打成那样，还紧紧抱在怀里。"

程霜惊喜地说："外婆，他的业绩单，倒数第一啊！"

一老一少查阅资料，聊得起劲，程霜把他的失恋事迹也讲了，添油加醋，王莺莺沉思道："等于说，他在城里一无所有，工作也保不住，好事啊，你还回去干吗？"

刘十三发出冷笑："苦心人，终不负，三千越甲可吞吴。"

程霜一拍手："说到三千，我那裙子普拉达新款，三千，给钱。"

刘十三说："外婆，你劝劝她，我们家没有三千。"

王莺莺说："谁说的，我有的，但我不给你。"

程霜又翻公文包，摸出一本用东信电子厂内部稿纸订成的笔记簿。知道这是什么的三个人同时沉默，刘十三开口："我写到本子里去，只要放我回城，你们要什么，我都给。"

王莺莺说："我要你留下。"

刘十三说："换一个。"

王莺莺说："给我一千万。"

刘十三没想到王莺莺说换就换，咬牙说："好！"

王莺莺说："写上去写上去。"

外孙的笔记簿是神圣的，王莺莺一点也不怀疑，上面写下的每个字，外孙都会拼命。

程霜同样了解，喜出望外："快快快，外婆，我的裙子也写上去，你不会英文我来……Prada……"

面对里应外合的敲诈勒索，刘十三孤掌难鸣，认怂了："我开玩笑的，你们喜欢绑我，那就绑着吧，闲来无事，我跟你们讲个故事。从前有只金鸡，长大后能下金蛋，前途无量，一年能下出个阿富汗，谁知道金鸡的外婆急着过年，就伙同光屁股把金鸡给绑了……哎，你们戳我干吗，还戳我伤口！"

王莺莺叹口气："从小到大，你都要去城里，我也没拦着，但你总得让我放心啊……"

刘十三低头，小声说："我有很重要的事情，输了的话，我就真的一无所有了。"

5

　　桃树下三个马扎，听了刘十三的叙述，程霜义愤填膺，来回踱步："又是那个小平头！"她裙摆撕破了条口子，晃来晃去，祖孙俩被她晃得眼晕。

　　程霜立定，一挥胳膊："外婆，我们帮他。如果他被打垮两次，会有心理疾病，时间久了不孕不育。"

　　王莺莺也觉得这是大事，手中盘着鸡蛋，飞速思考："回城吧，保险还是卖不掉……不如在镇上碰碰运气，全镇两万多人，一千零一份保险，基本全镇每家每户都要上门……就这么定了，中国人办事，靠的都是关系，十三的关系就在这里。"

　　刘十三说："跟我关系最近的就是你，要不你先买一份。"

　　王莺莺破口大骂："小王八蛋，我是你外婆！为什么要挣我的钱！"

　　程霜若有所思："对，去找牛大田吧，他开赌场，赚的是不义之财，让他通通去买保险！"

　　牛大田开赌场？镇上最多只有棋牌室吧，等下，不义之财？牛大田发财了？刘十三正要说话，发现程霜拿着笔记簿又写字。

　　刘十三问："程霜你干什么？"

　　笔记簿写好"工作拍档，程霜"，她拿口红涂手指头，摁印，本子拍在刘十三胸口，雄壮地说："这是神圣不可动摇的计划，不抛弃，不放弃。一千零一份保险对吧，拼了。"

王莺莺摇头赞美："小霜担心你连牛大田都搞不定，铁了心帮你。你运气多好，有这么个朋友。走，小霜，去吃泡椒江团。"

刘十三浑身麻木，不知道是被绑得久了，还是太震惊。

6 /

大家一起吃了顿中饭，程霜介绍了自己为什么第二次抵达小镇，核心原因还是罗老师。罗老师提倡全面发展，改革学校体制，说服校长重视学生全面发展，暑期补习班增加了绘画。程霜自告奋勇，千里迢迢跑来做美术代课老师。

程霜放下碗筷，伸个懒腰，说："这里和十几年前没什么变化，真美啊，多活一天都是赚到的。"

刘十三说："那我跟你换个身份，你做当地人。"

王莺莺说："光屁股都被大家看见了，已经算当地人了吧？"

刘十三一听，觉得这话没法接，再看程霜怒气又要勃发，赶紧强行唠嗑："没有没有，她穿内裤的。"

程霜问："什么颜色？"

刘十三答："太美了，刺眼，没看清。"

程霜冷冷地说："久别重逢，开心吗？"

刘十三端着碗的手在发抖，说："开心。"

　　王莺莺左右瞧瞧，小声说："久别重逢，一上来就脱人家裙子，当然开心了。"

　　刘十三惊得碗掉了："不开心，但是特别温馨，那什么，温暖了整个夏天。"

　　程霜摸着下巴，思索道："这儿挺热的，我是不是晒黑了？"

　　话题转移，刘十三松了口气，夹了一筷子鱼肉，说："怎么会，你那么白。"

　　程霜说："紫色好像不适合我。"

　　刘十三说："挺好的，显得你腿更白。"

　　程霜说："你看得挺仔细啊。"

　　刘十三夹菜的手顿住，缓缓收回来，脑子疯狂转动。王莺莺见势不妙，往饭碗里连夹几筷子豇豆，偷偷溜出去。程霜去摸叉腊肉的铁棍，刘十三更加慌张，喊："王莺莺，你别走！"

　　王莺莺谄媚地对程霜说："家里有碘酒，不怕受伤，你往死里打。"

7

　　云边镇的暑假很悠扬，天再热，山涧水流永远冰凉，随便找一片树荫，就能睡一天。小学时刘十三和牛大田只穿短裤，到河里抓鱼，找王莺莺烧一锅杂烩，然后两人坐在院子里，啃着西瓜等晚饭。

　　初中念完，牛大田不再读书，要去铜锣湾找山鸡。刘十三告诉他，铜锣湾在香港，隔了一片海，于是牛大田拿了个车胎天天练凫水。

刘十三读高中，牛大田没去成香港，跑到安徽就被人拐走。犯罪分子本来想培养他偷车，谁知道他吃饭太厉害，犯罪分子给了他路费，牛大田又回到小镇。

刘十三盘算着牛大田的资料，略有懈怠。虽然生平以努力为己任，但战场风云变幻，转眼地图换到小镇，他一时间消化不了。

次日往街道中心地带而去，同行的程霜沿途不停嘀咕："牛大田素质低，说不定会动手，指望不上你。"

刘十三脸上满是创可贴，说："我和他青梅竹马，坦诚以待，问题不大。"

程霜背着手走路，一蹦一跳："人是会变的。"

紫色山岚即将沉淀，程霜六点下课，刘十三遵守约定，等她一块儿出发，还没找到牛大田已经黄昏。

以往的粮油站改头换面，铁门敞开，阴森森的。刘十三紧张起来，吞吞口水："牛大田什么情况？要搞赌场，柴房放个麻将桌，每桌收十块钱台费，不是简单多了。"

程霜鄙视他："你说的那个规模不叫赌场，叫老头乐。"

刘十三拖延迈步的节奏，说："仔细想想，牛大田在进行违法行为。我要跟他划清界限，今天就不去了。"

程霜抓着他往里冲："你们不是青梅竹马吗？如果他犯法，你就是同犯，进去进去，我们也赚点黑心钱。"

刘十三反手扣住她手腕，轻声说："打架了。"

路边一个中年妇女坐倒在地，头发散开，手还紧紧攥住一个男人的衣角，哭着喊："你别去，钱你拿走没事，但不能赌博啊……"

男人用力扯她的手："拿到了就是我自己的钱，关你屁事，滚滚滚。"

中年妇女咬着牙，死命不松手。男人作势要抽她耳光，看她眼睛一闭，他便也不动了，说："你这么下贱，当我求求你，以后别来找我了。"

中年妇女不吭声，只是哭，也不松手。男人额头青筋跳了跳，说："他妈的，你放不放手！放，不，放，手！"他说一个字，猛踹中年妇女一脚，四个字踹了四脚，终于把她踹开。

中年妇女满脸泥灰，用手擦眼泪的时候，就画出几道黑印子，哽咽着说："你怎么能说我下贱，我下贱吗……"

男人说："你知道我怎么看你的？"

他恶毒地盯着女人，却没说话，猛地吐了一口口水在她身上。

程霜捏紧拳头，就要上去，赌场走出保安，往外推那男人："毛志杰，他妈的你也够了，搞成这样今天别打牌了。"

毛志杰说："你干什么，不做我生意？"

保安说："这不天快黑了吗，赶紧弄你的大排档，别搞得大家没夜宵吃，明儿再来吧。"

毛志杰哼哼几声，骑着电瓶车走了。中年妇女颤颤巍巍站起来，保安看她一眼，摇摇头，递给她一瓶矿泉水，中年妇女连声感谢。保安说："一个镇上的，谢什么。你就别管毛志杰了，他这个人，没救。"

中年妇女把矿泉水砸回，说："怎么没救，要不是你们，志杰会这样？"

保安愣了一下，转身就走："我日，老子再也不管了。"

程霜搀扶那个女人，她勉强站稳，说："不好意思，那是我弟弟，让你们看笑话，对不起。"

程霜觉得匪夷所思，问："大姐，亲弟弟吗？亲弟弟怎么把你打成这样，我们送你去医院。"

女人摇头，说："不用了，谢谢你……"

刘十三看她颧骨都被踢肿，想摸纸巾给她，手掏进兜的刹那，突然认出来了。

"毛婷婷？婷婷姐？"

这张脸衰老许多。曾经的毛婷婷，公认全镇第一美人，开一间理发店。刘十三记忆中，她眉宇干净，顺滑的头发挂到肩膀，一丝不乱。如今两鬓染白，衣衫扑尘，脸上全是泥灰。

毛婷婷瞪大依然秀气的眼睛，一眯，笑起来："十三，你回来啦？"笑容牵动伤口，让她眼泪和笑容一起出现。

刘十三不知该如何反应，毛婷婷赶紧说："那，你忙你的，我先走了。"她慌乱离开，刘十三望着赌场大门，突然觉得，面前的路似乎比想象中艰难。

山风微微，像月光下晃动的海浪，

温和而柔软，停留在时光的背后，

变成小时候听过的故事。

在遥远的城市，陌生的地方，

有他未曾见过的山和海。

Chapter

7

未曾见过的山和海

1 /

七月的天色，哪怕黄昏都是清透的，脆蓝泛起火烧云，空气平滑地进入胸腔，呼吸带着天空的余味。小镇的街道狭长，十字岔路正中间有口井，偶尔来人打水，图一些凉爽。路过电影院，刘十三驻足了一会儿，七八级浅浅的石头台阶，一面斑驳的海报墙，贴着越剧团演出的布告。这一切唯独小镇有，它站在刘十三的童年，既不徜徉，也不漂流，包裹几代人的炊烟，走得比刘十三慢很多。

智哥曾经对刘十三讲解过流行文化，他说一线城市活在当下，二线城市落伍三年，其他的再落伍三年，至于县城小镇起码再落伍三年。潮流刚刚兴起，传播到山坳坳里，早就过气。智哥忧郁地说，正如浩瀚宇宙，你望见璀璨星光，满心沉醉，其实它穿越无数光年，你望见之际，说不定这枚星辰毁灭已久。

智哥坚定地说，我要逆光而上，追溯无数光年，去一线城市发展。

今天风有些大，刘十三心想，吹得阳光都开始晃。程霜拽着他，走进赌场，场内放着陈小春的《情流感菌》，装修风格恍惚间很熟悉，应该是牛大田直接从陈年港片获得的灵感。

牌桌明显不是统一购买，排列杂乱，满屋人头，挤来挤去，带路的光头保安问："你们找牛总？"

刘十三说："对，我俩小学同学，感情深厚……"他准备详细解释，光头保安却一下子相信了，热情地揽住他："牛总兄弟，就是我哥！这位……嫂子呗！哥哥嫂嫂，走亲戚的吧？有地方住吗？别去宾馆，来我家，宽敞！"

刘十三斟酌斟酌，想打听赌场讯息，还没开口，光头竹筒倒豆子全说完了："这儿粮油站改的，又高又平，冬暖夏凉。牛总本来做的是棋牌室，后来他发现这儿离派出所比较远，立刻起了邪念，允许大伙赌点钱。被扫荡过几次，牛总大力改革，直接发零食当筹码，一颗花生五十，一颗蚕豆一百，警察一来，就说桌上的是小吃，哈哈哈哈，这么好的地方，这么好的创意，牛总真是我们镇的风流人物。"

光头又说，牛总发达之后没有忘本，收留全镇无业青年做保安，他们感激不尽，准备给牛总建个牌坊。他眉飞色舞："广场那边有块现成的石头，我们连夜搬进来了，你们看！"

角落果然矗立着石碑，上面工整地刻着："节约用水。"右下方歪歪扭扭刻着："牛总万岁。"

程霜严肃地问："这是偷的吧？"

光头庄重地答："应该算捡的，摆在外面肯定是人家不要的东西。"

旁边一桌热火朝天斗地主，程霜啪地一拍桌子："牛大田在不在？"斗地主群众愤怒地瞪她，她毫无愧色："大胡子偷牌！"

群众唰地回头，大胡子讪讪捏张黑桃 A，藏也不是，扔也不是，略尴尬。群众正要掀桌，程霜又喊："牛大田究竟在不在！"

群众顿时混乱，不知道先掀桌子好，还是先回答她好。程霜重重叹口气："赌博的人脑子都不好使吗？"

程霜侮辱全场，刘十三惴惴不安，一瞬间思索了许多，凭什么啊？长得好看就可以没素质吗？虽然的确可以，但别人在赌博，带着钱来的，有钱的人更没素质，她不怕被打吗？

看样子她不怕。

刘十三温和地说："你看，我们来做客，安安静静跟着保安去找牛大田，搅了人家的局多不好。"

程霜小声说："可我就是去搅局的啊。那个老头已经输得快中风，他右边男人拿着女式钱包，估计偷了老婆的。还有你没听见，那位大嫂打电话，明显在骂自己家小孩，晚上没饭吃让他们赶紧睡觉。我知道根本阻止不了，每天这些场景都会重复发生，但今天我来了，我乐意，我要去做。"

刘十三说："我也乐意，我也想报警把他们抓起来，可我并不冲动。为什么？因为成年人做事要考虑后果。"

程霜说："你不用惭愧，不用给自己找借口。我跟你不一样，我没时间去想太多。如果每件事情都算来算去，那么等到想明白，可能就来不及做了。"

被她这么一讲，捣乱变得很伟大。

2 /

光头保安把他们带到经理室，推开门汇报："牛总，你小学同学到了。"

面前是放大版的小学同桌，衬衣西服撑得鼓鼓囊囊，脸大嘴大，手短脚短，盘腿坐在沙发上啃玉米。牛大田一愣神，丢下玉米，西服衣襟擦擦手，一脚踩进塑料拖鞋。

刘十三张开怀抱，牛大田张开怀抱，两位发小欢笑着迎向对方。望着圆头圆脑的牛大田，往事激荡心头，刘十三几乎流出热泪。两人互相走了几步，刘十三刚要说话，牛大田笔直地穿过他身侧，紧紧抱住程霜，呜咽着说："是你吗……我……"

他话没说完，圆滚滚的身躯嗖地飞起来，被程霜一个完整的过肩摔，砸平在地面。

刘十三连忙按住杀气四溢的程霜，牛大田仰面躺在地上哼哼唧唧，爬不起来。

光头保安训练有素，掏出对讲机："洞三洞三，我是洞七，卡布奇诺洒了，招呼兄弟们都过来马杀鸡。"

刘十三听懂了暗号，赌场出现状况叫"卡布奇诺洒了"，至于"马杀鸡"可能是要动手的意思。

牛大田喊："不用不用，误会误会。"说完摇摇欲坠地站起身，脸上还带着笑意。刘十三有点震惊，牛大田要有一颗多深沉的心灵，才能在被打之后还露出色眯眯的微笑。

牛大田说："程霜啊，你力气真大，这都多久没见了，哦，旁边这位是你表叔吗？"

刘十三再次震惊，自己发育得太英俊了吗？牛大田认出了程霜，然而认不出他。他只好指着脸说："是我啊，刘十三。"他的指点引发牛大田的记忆，做出若有所思的表情。

刘十三想到一首诗，若再见你，时隔经年，我将以何致你，以眼泪，以沉默。

牛大田选择以我了个去！

"我了个去，刘十三，你不是在西班牙发大财买海岛了吗？飞回来多久？"

"我了个去，王莺莺说的话你都信！"

"这么说你没钱？"

"当然很穷了！"

牛大田哈哈大笑，气氛转眼亲热起来，刘十三忍不住猛拍牛大田的肩膀。他以为这是情感的表达方式，犹如往昔。结果牛大田冷笑看着他的手，掏出对讲机："洞三洞三，我是洞八，卡布奇诺洒了……"

刘十三立刻举手投降，牛大田冷笑着收回对讲机。

程霜说："刘十三，他知道你穷之后，气势都变了。"

"怎么个变法？"

"本来看你像朋友，现在看都不看你。"

刘十三记起以前智哥的理论，一下子明白了。牛大田现在是成功人士，刘十三现在是失足青年，即便血浓于水，也会被这个差距拉开。

"牛总真会开玩笑，牛总坐，我今天过来有事拜托你。"他尽量自然地拿出保险合同，尽量忽略身边程霜的目光。

那目光太疑惑，看了会心酸。

牛大田翻翻纸："程霜，你俩怎么在一块儿？"

刘十三说："你看的那份，叫重大财产保险，最适合家大业大的人。"

牛大田说："前几天听说你回镇上小学，当代课老师，本来想去看你，太忙了，一起吃饭？"

刘十三说："下面那份，叫员工保险，你洞三洞七那么多员工，肯定需要。"

牛大田说："要不就现在吧？"

刘十三终于发现，牛大田对程霜的兴趣远远超过保险，只能最后一搏。

他把合同交到程霜手上，真诚地说："搭档，你来跟客户沟通比较好。"

程霜没接，震惊地打了个嗝："你看不出来他在调戏我？"

"看得出啊，这有什么呢？要不是怕你打我，我也调戏你。"

"我不愿意出卖美色。"

"你除了美色还有什么可出卖的？"

程霜想了想，可能真的觉得有道理，拿保单递过去："牛总，你要是签了保单，我陪你吃饭。"

"多少钱？"

"三千一份。"

牛大田一听，掏出了对讲机："洞三洞三，这里是洞八，卡布奇诺洒了……"

程霜见势不妙，赶紧按下对讲机："你不买可以，为什么喊人？"

牛大田气愤地说："我本来只想请你吃个串，你却要我三千块。以为你还是赵雅芝吗？呸！我已经不喜欢赵雅芝了！"

程霜后退一步，快速小声对刘十三说："糟糕，没想到我只有烤串程度的美，卖不掉保单。"

刘十三说："问问自己，尽力了吗？"

刘十三下半句是，尽力就没有遗憾，谁知道程霜双眼一亮，猛站起来："对！我还有办法！牛大田！你不签保单，我报警抓你，扫了你的赌场！"

牛大田操起对讲机，大吼："洞三洞四洞五洞六洞七！铁观音洒了！"

门轰然打开，赌场保安争先恐后拥入，刘十三一眼扫过去，发现基本认识，小学班级倒数几名，没想到成年后还不离不散。

他们也认出刘十三，双方生硬地打起招呼。

"十三，回来啦？"

"回来了回来了，吴益你长胖了。超哥！哎呀，超哥！现在不方便，不然我真想抱抱你！"

"不方便不方便，你别过来，就这样挺好。"

小学聚会被牛大田破坏，他挥动双手："抓住这两个！他们要报警！"

保安们纷纷犹豫，脚步挪动得很碎很迟疑。刘十三有点感动，这帮人比牛大田懂得感情，可能因为也很穷的缘故。他缓缓收拾保单，捋齐，说："不记得我，没关系，不认我这个兄弟，也没关系。算了，说这些没意思，大家都挺失败的，我连个保险也卖不掉，够失败了吧？以为你比我强点，结果你就在镇上骗骗父老乡亲的钱，不觉得可怜吗？"

保安们上来劝："少说两句，牛总生气了，万一真打起来怎么办？"

刘十三整理好文件，拉拉程霜："走吧。"接着望了眼小学同桌，说："牛大田，你真没劲。"

牛大田猛地跳脚，吼："别喊我牛大田，我叫牛浩南！我爹没文化，他妈的我自己不能改名字吗？就他妈老觉得我没文化是吧？上过大学有多了不起！别他妈的再喊我牛大田，我叫牛浩南！"

刘十三说："好的好的，牛大田。"

牛大田额头青筋凸起，拳头握得咯吱咯吱响："你再喊一遍。"

刘十三说："好的好的，牛大田。"

牛大田一个箭步，揪刘十三的衣领。程霜抓他手腕，过肩摔没摔成，保安们全部扑上来，屋子里鸡飞狗跳，乱成一团。刘十三后脑勺吃了一拳，头晕眼花，跌跌撞撞滑倒，挣扎着想爬起来，保安们死死压住他。

刘十三不能动弹，嘴里还在喊："牛大田！你偷校长家的鸭子！牛大田，你烧镇长家的茅房！"

程霜去掰保安的胳膊，说："松开，你们给我松开。"

牛大田说："你再喊一遍。"

刘十三说："牛大田。"

牛大田说："揍他。"

程霜举起一张纸，喊："牛大田，你要不怕被抓，就老老实实放我们出去。"

牛大田气得笑了："我今年二十四岁，生平第一次看到有人用保险单来威胁我。"

那张纸四四方方，洁白纤薄，举在程霜手里微微晃动，她喊："睁大你的牛眼，看看清楚，这是张病危通知书！"

听到病危通知书五个字，全场集体没了声音，大家不知道和当下有什么联系，只是觉得这五个字很可怕，似乎不能轻举妄动。

场面安静，只有程霜发言。

"上面写得很清楚，我这个病情绪不能激动，肢体不能遭受剧烈碰撞，万一我内出血死在当场，你，你，你，你，还有你，你们都是杀人犯！"

牛大田张张嘴巴，说不出话，程霜指着他，气势逼人："牛大田，你是主谋！关进去两个月就枪毙！"

牛大田惊呆了，摸摸下巴，肚子上的衬衣扣子绷开一颗，他顾不上捡："你不早说，这是怎么了，真的假的……"

刘十三傻傻望向程霜，她脸蛋红扑扑，努力保持庄严和郑重，穿着王莺莺替她补好的裙子，针脚藏进内侧，几乎看不出来。

一滴汗滴到眼角，程霜偷偷擦了擦，依然高举自个的病危通知书，跟革命斗士一样壮怀激烈，全场被她唬住。

刘十三心里一阵疼，空空荡荡地疼，茫然起身，推开保安，从程霜手里拿过去那张纸，看得清楚，医生盖章，签名，医院盖章，严谨真实。

原来她从来没有撒谎。

程霜随时会死的。

牛大田说："那啥，你们愿意喊我啥，就喊我啥吧。对了，肚子饿不饿？洞三洞三，去买点烤串回来……"

3 /

那年暑假，所有植物的枝叶，在风中唰唰地响，它们春生秋死，永不停歇。

田野边的小道，少年骑一辆自行车，载着女孩。

女孩说："我生了很重的病，会死的那种。我偷偷溜过来找小姨的，小姨说这里空气好。"

女孩还说："我可能明天就死了，我妈哭着说的，我爸抱着她，我躲在门口偷听，自己也哭了。"

女孩声音很低很低地说："所以你不要喜欢我，因为我死了你就会变成寡妇，被人家骂。"

刘十三没有回应，因为背上一阵湿答答。那么热的夏天，少年的后背被女孩的悲伤烫出一个洞，一直贯穿到心脏，无数个季节的风穿越这条通道，有一只萤火虫在风里飞舞，忽明忽暗。

4

电影院小小的，程霜坐在门前台阶上，路灯打亮水泥地，墙角满满簇簇的月季花，她说："小镇太温柔了。"

刘十三和她并排坐，挠挠头："怎么会温柔，刚刚还打架。"

程霜仰起脸，月亮挂在半空，小镇背倚起起伏伏的峰峦，山形边缘浮动银白色。附近几户人家菜香飘过来，她闻了闻，陶醉地说："土豆炒鸡块吗，还有青椒味儿。"

"明天让王莺莺给你做。"

程霜回过头，眨巴眨巴眼睛："所以说，小镇多温柔啊。"

看程霜那么轻松，刘十三接不住。他面对一个随时可能消逝的女孩，不知道该怎么聊天。生命这个话题，对刘十三来说过于宏大，无从聊起，最多聊一些众所周知的哲理。他是有困惑的，四年级开始，到昨天到今天，面对面了，可以问什么呢？你要死啦？还能活多久？医生怎么说？他想，可笑，问什么都无能为力，简直可笑。

程霜伸个懒腰，说："这玩意儿我多了去。"

"什么？"

"病危通知书啊，从小时候到现在，我收到过很多次了。"

刘十三接不住，他甚至想不到应该怎么反应，只能死死盯着墙上露出的红砖，脑子空白。程霜看他一直沉默，问："明天继续吧，一定要拿下第一单，有没有信心？"

刘十三走神中，皱着眉头，盯着红砖。

程霜大怒，踹了他一脚："你搞什么鬼，不就是弄砸保单吗？还给我脸色看！"

刘十三说："我没给你脸色看。"

程霜欣然说："没给就好。路口那家面馆不错，我们吃面去。"刘十三还没解释完，她已经往面馆走了。猝不及防的刘十三跟在后头，浮想联翩，谁找程霜做女朋友，生活多么轻松呵！比如，"你跟那个女孩什么关系？""朋友关系。""朋友就好，我们吃面去。"

再比如，"你白天为什么不理我？""我要工作。""工作就好，我们吃面去。"

5

面馆的年纪，比刘十三大。能成为老店，说明它已经成为人们的生活习惯，每一道工序，都是为当地人的口味服务。机器轧的挂面，沸水中一搅，操进汤碗，加浇头。红烧大肠、葱油大排、梅干菜肉丝、香油荠菜、青菜牛肉，通通八块一份，送煎蛋或水潽蛋任选。

两人实在饿了，端着浇头堆起来的面，屋里几张桌子客满，等不到座位，找个角落蹲下来开吃。程霜扎紧马尾辫，也不管穿的是裙子，蹲在那儿筷子舞得飞快，含混不清地说："真好吃，哈哈哈哈，赚到了……你别拉我裙子！"

"你说什么？"

"我说，别拉我裙子！"程霜怒火熊熊，一转身，发现刘十三蹲在几步外，并未动过，一脸无辜地吃面。

刘十三头扭过来，目光逐渐惊恐，面卡在嘴里，顺着他的目光，程霜低头，看见一只小手，一双含着泪光的大眼睛，委屈到噘起的小嘴，冲她弱弱地喊："妈妈。"

整个面馆突然沉寂，轰然爆发一阵叫好声。刘十三听到脑后传来打击乐，老板用汤勺敲着锅边，为欢呼打起拍子。

场面太诡异，程霜一手小心翼翼地扯回裙角，一手端着面碗，语无伦次："嘎哈嘎哈你嘎哈？"

小女孩再次开口，带着哭腔："妈妈，我饿。"

刘十三倒吸一口冷气。一切有了解释，程霜为什么东奔西跑，为什么再回小镇，原来她亲生女儿在这里。她逃避到天涯海角，还是逃不过自己的良心！母女相遇了，可悲啊，也不知道这孩子的父亲在哪里！

小女孩又怯生生对他喊："爸爸。"

刘十三浑身一震。

小女孩继续说："爸爸，我饿。"

她渴望地看着刘十三的面碗，里面躺着半块大排。刘十三慢慢把碗递给她："孩子，饭可以乱吃，话不能乱说。程霜，你负点责任，让她叫我叔叔。"

小女孩甜甜一笑："谢谢爸爸，爸爸最好了。"说完凑过来，在蹲着的刘十三脸上吧唧亲了一下。

老板"哐"地一敲汤勺："恭喜你们，一家团圆！"

小女孩的戏十分饱满，她踮着脚，夹起半块大排放到程霜碗里："妈妈先吃。"

程霜手里的碗抖得很厉害，说："小朋友，我不是你妈妈。"

刘十三说："她可能不是你的妈妈，但我一定不是你的爸爸！"

小女孩惊慌失措，嘴巴一扁，泪珠滚滚："爸爸妈妈又不要我了！你们真的不认识球球了吗？"人物连名字都出现，事情更加郑重了。全体顾客和老板唉声叹气，仿佛程霜和刘十三真的抛弃骨肉。

一桌中年男女加了份咸菜，激情评论。

中年男说："作孽啊。这两个小年轻心肠真硬。"

中年女说："你心肠软，你去把小孩领回来。"

中年男说："你看你看，他们认祖归宗的大喜日子，你发什么火，吃面吃面。"

刘十三冷笑，全部站着说话不腰疼，坐着说话更快乐，事到如今，趁大家都在关注程霜，自己躲远点比较好，哪知程霜在舆论旋涡中，紧紧抓住了他："现在不开玩笑，这真不是我孩子。"

刘十三问："那你孩子在哪里？"

程霜气到打嗝："我没有孩子！"

刘十三说："姑且相信你，你先拖住，我去买个单。"

阴险的刘十三奔向门口，裤管被人一拉，他朝下看，叫球球的小女孩无情地开口："爸爸，不要走。"

程霜差点乐出声，两个受害者轮流幸灾乐祸，一点解决的办法都没有。球球左手拉刘十三，右手抱程霜大腿，毕竟年幼，控制不好演技，笑得眼睛都眯起来了。

刘十三明白了，这小女孩是个诈骗犯，而且是个惯犯，现场其他人显然早就知道这点。他平复心情，绝地反击，对球球说："一起走一起走，该回家了。"说着抱起球球，大步流星。

围观群众不由得担心："真带走啊？"

"球球有危险。"

"咋这样呢？平时给个十块钱就完事了。"

中年男长叹："造孽啊！"

中年女一摔筷子："我看你今天是非常活跃了！"

6 /

街上行人不多，天光幽幽，可以听见自己踩落青砖的脚步声。程霜围着刘十三转，问："真的接回家？"

刘十三把怀里的小女孩托了托："那当然，白送的小孩谁不要。"

球球慌了，挣扎着拳打脚踢："我警告你们，拐卖儿童是要枪毙的，旁边就是派出所，你们别乱来！"

刘十三径直往派出所走，球球傻眼。

云边镇派出所岗哨亮着灯，刘十三跟扫地大爷打个招呼，走进一楼。换成本地民警，大概很快能判断情形，可惜今晚值班的是个外地新人，调职过来不到半年。

按照新人民警的初始判断，这是一家三口，男人无知，女人幼稚，小孩眼圈红红受尽委屈，发生什么比较明显。他合上记录本，决定开始调解家庭矛盾。

球球眼睛亮了，局面混乱，跟"狼人杀"很接近。原本屠边局，两个神一匹狼，狼稳输，但突然出现村民，村民还是个白痴，事情就有转机。

新人民警随便问问："你们俩什么关系？"

球球强势发言："爸爸妈妈的关系。"

新人民警了然："夫妻关系是吧？"

刘十三试图挽回："你别听这个小骗子的话，我跟她普通朋友。"

球球补充发言："他们吵架了。"

新人民警同情地摸摸她的头，说："那就是有矛盾的夫妻关系对吧。"

刘十三心急如焚，神经病啊，查查户籍水落石出，非要聊天谈心。他摸出身份证，塞给民警："道理讲不清，不如看事实，我用身份证担保，我说的是实话！"

程霜按住刘十三，他现在特别混乱，已经是个猪队友了。

程霜条理清晰地分析："警察同志，我俩关系问题不重要。这孩子拉着我们喊爸爸妈妈，可我们的确不认识她。要么认错了人，要么在开玩笑，但她的真实父母，这会儿一定很着急。"刘十三拼命点头。

新人民警没被说服，还生气了："大人吵架，不要往孩子身上撒气。你们先别说话，冷静一下。"

本来很冷静的，程霜手一抖，差点把刘十三的胳膊捏碎。

新人民警用最亲和的语气问："小朋友，你爸爸叫什么名字？"

球球说："刘十三。"

刘十三疯了，她什么时候知道了自己名字？

新人民警换了副严肃的面孔："那你呢，叫什么名字？"

刘十三断然说："我叫刘阿平。"

新人民警一拍桌子："你身份证上明明写的是，刘十三！"

什么身份证，对，自己刚刚硬塞给他的，刘十三呆若木鸡。

新人民警喝口茶，放下杯子："情况嘛，我已经很清楚了。"他真诚地抱起球球，说："你们放下对各自的仇恨，打开父母的心，看看这孩子。"

两人看球球，她咧嘴一笑，笑得飞扬跋扈。

新人民警动情了："哪怕，我说哪怕，你们要抛弃她，她依然这么懂事，连哭都不敢哭。你们这些年轻的父母，只顾发泄情绪，会带给孩子多大的童年阴影！我外地来的，老家经济水平不高，小时候爸妈也经常吵架，吵得凶了，打起来，家里东西都给砸了。我躲在阳台，捂着耳朵，一直哭一直哭，别看我现在没事，晚上还会做噩梦，喊，妈妈别哭了，爸爸别打了！"

新人民警越讲越酸楚，程霜和刘十三越听越悲哀。

刘十三做最后的努力："同志……"

新人民警噌地起立："我夜夜惊醒啊！再看到一个孩子在重复我的悲剧！你说我能忍吗？"

两人赶紧摇头。

新人民警说："你们记住，我叫闫小文！再让我看到你们遗弃儿童，我保证严格执法，法不容情，先扣你们！关押二十四小时！听到没有？"

两人赶紧点头："听到了听到了！"

新人民警重重顿了茶杯，用手指点着两人："回去不准吵架！有空我去家访，这孩子说你们一句不好，先扣你们！关押二十四小时！听到没有？"

"听到了听到了。"

"还不赶紧带孩子回家！"

7

小镇有院子的人家，都是矮墙，墙头会装几盏灯，照亮路灯照不到的地方。高高的电线杆上段，用铝圈箍着，也装着白炽灯泡。电线的影子投在路面，各户墙下都开着花，看家的狗懒洋洋地坐在门槛边，偶尔叫几声。

球球趴在刘十三的后背，头枕着他的肩膀，手拿程霜刚买的巧克力，志得意满。

球球说："妈妈，我想听故事。"

程霜憋了一会儿，说："从前啊，山里有只小熊，遇到一群小白兔。你猜怎么着？"

球球的声音含含混混："怎么着？"

程霜说："全部都死了。"

刘十三吓了一跳："你这么说不太好吧？"

程霜努了努嘴，刘十三侧头一看，小朋友折腾累了，已经睡着，发出细细的呼声。

刘十三摇摇头："现在怎么办？"

程霜打个哈欠："这么晚，你先带回家，明天再说。"

刘十三当场反弹："小孩先找的你，你是她妈，要带你带。"

程霜迅速拒绝："明天上课，我没时间，妈怎么了？她还叫你爸呢！"

两人声音有点大，球球蒙眬醒来，揉着眼睛说："爸爸妈妈不要吵架，球球害怕。"

两人赶紧低声下气："不吵不吵。"

球球的声音越来越小："爸爸妈妈都在，球球好幸福。"小到听不见，又睡过去。

程霜说："这小孩挺可怜的，也没大人找，你带回去问问外婆。"

"这会儿王莺莺应该睡了。"

"不能明天问啊？"

刘十三只好认栽："行。"

球球说梦话："爸爸。"

刘十三颠了颠背，稳稳托住她，回答："在呢。"

8

刘十三挑了件短衫，再将睡裤从膝盖剪开，叠好放进浴室，给球球放水洗澡。他轻轻拍了下她的头，球球睡眼惺忪地嘟囔：

"大人的衣服太难看了。"

"少啰唆。"

刘十三带上门，洗了她的小衣服，晾好，明早会干。球球洗完澡，穿得极不合身，短衫都快拖到地上，她爬到刘十三的床上倒头就睡。

桃树下的竹椅，搁着王莺莺忘记收的烟盒。几颗果子随风微微地摆，蛐蛐儿鸣叫，不知谁家放电视剧，声音低低传来，听不清楚。厨房门开着，灶台上用盘子倒扣一碗红烧肉，算留给他的晚饭。刘十三撕开保鲜膜，把碗包了包，放进冰箱。

找了顶蚊帐，四尖吊在桃树枝，罩住竹椅。刘十三冲个凉，带着拎包钻进去，舒服地一坐一靠，捧起吴嫂送的保险教材，一盏小灯就够，院子很亮。

他读了一会儿，想寻支笔，却翻到一张字条，大概是从他的人生目标计划本里掉出来的。

两年前，字条掉落火车的铁轨，他拼了命才追回，上面写着一串数字，他背得滚瓜烂熟，但从来没敢用手机拨通。

手机备忘录有一页，他修修改改了一段话，总觉得某天会发送到那个号码。第一个月写了很长，第二个月删掉了些，第三个月索性重写，最长的时候他写了三千多字。

两年过去，删删减减，这页备忘录只剩四个字。

你还好吗？

　　不是想说的话越来越少，是刘十三发现，能说的话越来越少。甚至这四个字，也彻彻底底多余。

　　二〇一二年冬至，深夜的KTV，同学们喝醉了，他一直望着牡丹，牡丹一直望着屏幕。他深呼吸，问："是不是我不够好？"

　　牡丹说："你很好，用功，刻苦，你很好很好了。"

　　他说："你不喜欢的，我可以改。"

　　牡丹说："你真的很好，没法改，时间不对吧。"

　　他说："哪里不对。"

　　牡丹说："将来你会成功，拿到属于你人生的第一次成功，那时候，你不仅仅是好，而且是对。"刘十三听不懂。在他愿意为爱情付出一切的年纪，却没有什么东西可以付出。等他明白这个道理，二〇一二年的冬至，早就遥不可及。

　　KTV外，大雪纷飞，那么深的夜，雪花应该把情侣们走过的脚印，坐过的台阶，路过的草地，留在某条街的眼泪，都覆盖了吧。

　　手机振动，刘十三收好字条，看了看微信群。

　　"小刘啊，是不是今儿一天就完成九百九十九单啦，好歹汇报一下。"

　　"这么晚了，侯总还在关心员工业绩。"

　　"绝对优秀，近乎伟大。"

　　"既然都没睡，我给大家发个红包吧，也作为对小刘的鼓励。一年说长不长，共同努力，创造未来。"

　　"给侯总磕头！"

刘十三攥着手机，原来属于他人生的第一次成功，如此艰难，如此荒诞。

回复毫无意义，最多再被羞辱几句，他拿起保险教材，认真读了下去。

9 /

手机振动，迷糊的刘十三揉揉眼看，程霜发的："万事开头难，别放弃啊，加油！作业批到半夜，明儿我一放学，就去找你，铁定拿下第一单！"

刘十三打了一行："我不是那么容易放弃的人，不过你怎么比我还拼……"

他打字的时候，微信上面显示，对方正在输入，于是等了等，想等她说完。结果等了一会儿，收到几个字："困死我了，晚安。"

刘十三删掉已经写好的，也回了条："晚安。"

被外婆绑回故乡的第二天，不知不觉结束了。

山下的小镇好像被藏进了山里，盖着天，披着云，安静又温柔。是的，温柔。刘十三坐在竹椅上，睡着之前心想，程霜说的似乎有点道理，真的很温柔。

山这边是刘十三的童年，山那边是外婆的海。山风微微，像月光下晃动的海浪，温和而柔软，停留在时光的背后，变成小时候听过的故事。

这是他曾日夜相见的山和海。

在遥远的城市，陌生的地方，有他未曾见过的山和海。

等待而已，

也叫努力？

是在等别人离开，

还是在等自己放弃？

Chapter

8

水带走的消息，

风吹来的声音

1 /

大清早，蝴蝶满院子扑腾，刘十三在桃树下睡了一宿，思绪混乱。王莺莺看到球球并没有惊奇，刘十三松了口气，如果王莺莺认识小骗子，接下来就好办了。

这是他的一厢情愿。

"他是谁？"

"爸爸。"

"那我呢？"

"外婆。"

"不对，我是爸爸的外婆，那你应该叫我什么？"

球球大惊，包子叼在嘴里，掰开手指念念有词，没找到合适称谓。

王莺莺说："爸爸的外婆呢，叫太婆。"

球球立马跟进："太婆。"

王莺莺笑眯眯地说："对，乖囡。"

刘十三刷着牙，嘴里喷出泡泡："哪边对了？我又不是她爸爸！"

"别人喊你爸爸你不高兴？那你打算什么时候当爸爸？你能当爸爸吗？"王莺莺一脸惊奇，逻辑清晰，发出灵魂三问。

刘十三不能服输，挥舞牙刷："我为什么不能！"

王莺莺喝了口豆浆，冷笑："那你有本事试试。"

球球啃了口包子，冷笑："没本事就算了。"

一老一少吃饱喝足，齐齐冷笑，看起来真像一家子。

把王莺莺拖到竹椅上，用蒲扇给她扇风，刘十三严肃中透着诣媚："你不要胡搅蛮缠，到底知不知道这小孩谁家的？不送回去，她会赖着，吃你的用你的，还告你拐卖儿童。"

王莺莺说："那就这样吧。"

什么叫那就这样吧，王莺莺是不是老年痴呆！刘十三气得扔了扇子，呼哧带喘说不出话。球球贼头贼脑跟来，扯扯他衣袖："爸爸，我不是白吃白用的，球球很能干，你有什么事，我都可以帮忙。"

刘十三说："走开！你这个骗子！"

王莺莺嚓地点着一支烟："哎？你不是卖保险的吗，带个小孩一块儿卖，人家心一软，说不定就答应了。"

刘十三看看王莺莺，又看看球球，突然怀疑她们其实早就认识，自己掉进了一场阴谋。

院门砰地推开，程霜风风火火闯进："外婆早上好，外婆太美了，特别有气质。"

球球举起一个包子："妈妈吃早饭。"

程霜接过来，怒目圆睁刘十三："你这个人，怎么婆婆妈妈的，一点小事都解决不了，简直不思进取。"

"我怎么了！"刘十三正在打理文件，整个人爆炸，放下公文包，准备还嘴。大家没给他反击的机会，王莺莺叼着烟开始盘货，程霜抓了包子油条，拔腿就走："我去上课，放学再来，外婆再见。"

2

时隔多年，镇上除了一些家传的老门面，开起烤肉店、寿司店、奶茶店，甚至还有家独立设计师服装店，不知道是哪家孩子学成归来，脑子发昏开在这儿，带起一波败家的节奏。

王莺莺说，前几年镇上花了大代价，铺设下水道，家家户户用上抽水马桶，终于不再往沟渠排污，保住了河流。垂柳轻扬，小镇依然明亮清秀，越住越长寿。

这些刘十三感受不到，他并不是观光旅行的文艺青年，望着街边的灰墙黑瓦木门，心中嘀咕，能找到数量足够的乡亲，卖掉一千份保单吗？

刘十三和球球并排走路，一高一矮，球球奋力跟上脚步，说："你找牛大田啊，现在九点半，他不会在赌场的。"

刘十三将信将疑："你知道他在哪儿？"

球球嗤笑一声："不然你以为呢？难道我们的相遇是个偶然吗？"

这孩子电视剧看多了吧，说话这么文学。刘十三忐忑地问：

"不是偶然吗？"

　　球球说："就是个偶然。"

　　刘十三无言以对，随着球球掉头。

　　全镇人民陆续起床，上班的上班，游荡的游荡，年纪大些的捧着饭碗，看刘十三跟在小不点后面亦步亦趋，吃得津津有味。

　　小不点背着双手，老气横秋："其实全镇最有钱的不是牛大田，是你们隔壁老李。别看他整天修修破表，柜子里一块就值好几千。胡瓦匠老婆生意做大了，看不上他，两人正在闹离婚。曾继媛厉害，全家都听她的。刘刚不声不响，偷偷把货车赌输了。狗品见人品，曹伟怡养的大黑狗那么凶，长大肯定嫁不出去……"

　　刘十三愣愣说："你天天听八卦，不用上学吗？"

　　球球高深莫测："我不喜欢上学。"

　　刘十三问："十一的平方等于多少？"

　　球球一反常态，沉默不语，刘十三再问："ABCD 后面是什么？白日依山尽的下一句呢？"

　　球球恼羞成怒："你要不要找牛大田了？不找我回去继续睡觉。"

　　刘十三乐不可支，小东西看起来无所不知，但一点文化都没有！可惜啊，就算知道胡瓦匠夫妻闹离婚，对以后找工作有什么帮助呢？还不是每三个月换一家单位度过试用期。

　　刘十三兴致勃勃，说："别不好意思，等第一份保单成交，我送你个书包，最新款，你自己选。"

球球斜着眼，狐疑："真的？"

刘十三说："我骗小孩子干什么。"

球球立刻要求拉钩，刘十三伸出手，球球认真地用自己小手指钩住，又费力地让大拇指跟刘十三的对上，努力摁了个印。

刘十三看她那么虔诚，突然想，她不会真的没上过学，也没买过书包吧？那双大眼睛里的渴望，比看昨晚那碗面更加强烈。

球球美滋滋："说好买书包，拉钩上吊一百年不变。"

刘十三表示同意："好，拉钩上吊一百年不变。"

球球一挥小手："行了，现在保险单这个事啊，包我身上，出发。"

3

储蓄银行门口，球球拉住刘十三，做了个"嘘"的口型，两人藏在树后面。这里以前是供销社，童年刘十三放学后，跑到供销社营业部，趴在地面，用长尺搜刮柜台和地面的一条缝，平均两三天能刮出来几块钱。

供销社推平，储蓄银行建立，可惜里面存的钱没有一分是自己的。刘十三正在感慨，球球说："来了。"

一个女孩身穿银行职工的衬衣，脖子系着丝巾，短发，白皮鞋，拎着袋子，从街道另一头走来。刘十三刚想问这是谁，发现女孩身后不远处，有人畏畏缩缩跟着。

球球努努嘴："喏，牛大田，妈的胆小鬼。"

刘十三犯了嘀咕，牛大田昨天不可一世，按照他的作风，喜欢一个姑娘，应该直接强抢民女，怎么扭扭捏捏的？

球球尽职地解说："走在前面的叫秦小贞，本镇大学生，估计和你一样，学校一般，城里混不下去，回来了，在银行做柜员。牛大田这个狗贼，好像暗恋她。"

刘十三点头，果然是暗恋，暗恋只能跟踪。此刻他太好奇了，把保险单忘到九霄云外，问："秦小贞呢？她喜欢牛大田吗？"

球球叹口气："你们男人啊，难道看不出来？"

刘十三愤怒："放屁，我肯定能看出来。"

他看了一会儿，秦小贞面色平静，走进银行，一次头也没回过。刘十三大惊："我真的看不出来！"

他问球球："那你们女人能看出来吗？"

球球微笑回答："我是女孩，不是女人。"

刘十三死了跟她对话的心，牛大田走到银行门口，停步，躲在另一棵树后面。

行人不多，街边一丛丛栀子花，矮矮的，清香扑鼻。刘十三盯了半晌，快忍不住说话，牛大田行动了，迈出一大步，停顿，似乎在擦汗，接着猛地冲向银行。

银行门口出现人影，秦小贞走了出来，依然拎着袋子。说时迟那时快，冲向银行的牛大田一个急转身，人体漂移，踉踉跄跄踩空，滚倒在地。

秦小贞喊了声："喂。"

牛大田翻身跳起，站得笔直，若无其事："没事没事，你好你好。"

秦小贞手一伸："拿着。"

牛大田下意识接过去："什么？"

秦小贞说："周末去看越剧吧。"

牛大田说："啊？"

秦小贞说："戏院贴了海报，茅式唱腔的，《五女拜寿》，一起去看。"

牛大田指着自己鼻子："我吗？"

秦小贞说："票都给你了。"

牛大田面色如常，说："好的。"说完转身就走，没走几步，腿软了一下，赶紧去扶树干，喘了几口气，腿又一软，彻底瘫倒。

秦小贞还想说几句，结果牛大田已经瘫在路对面，她笑了笑，拎着袋子，转身进了银行。

4

秦家茶楼人声鼎沸，吃早茶的济济一堂，屋檐挂着几个鸟笼，摊子摆到街边。山货堆满墙角，卖菜的卸下扁担，也不吆喝，随手盖上菜篮，也进去点份豆浆油条。

刘十三挑张干净桌子坐下，把文件包放好，牛大田魂不守舍，说："我有喜了。"

"你不是有喜，是有毛病吧。"

牛大田擦擦脸，再说一遍，同桌的一大一小才听明白："我有戏了！"

刘十三倒杯茶，说："恭喜你，要不要考虑为爱情买份保险？"

牛大田略带困惑："爱情还能有保险？"

刘十三说："你想，等你们结了婚，把重疾保险、财产保险、人身意外险什么的全部买齐，那么，无论你破产、车祸、得癌，秦小贞都能成为富婆，也算是爱情的一种证明。"

以前他跟客户这么说过一次，被追打出门，牛大田听完却没发火，反而很沮丧："不可能，不是说我不可能破产、车祸、得癌，我是说小贞的爸妈不可能答应我们结婚。"

刘十三说："有道理。"

牛大田充满希冀地望着他："十三，如果你的保险，如果啊，保证我娶到秦小贞，多少钱我都买。"

刘十三刚想说没有，球球直接插嘴："我觉得吧，个人看法，各退一步，你买全险，我们帮你追到秦小贞。"

牛大田一拍桌子："成交！"

刘十三连连摇头："小孩的话你也信，我做不到。"

牛大田冷笑："本来就没指望你做到，我比较相信球球的本事。"

刘十三看向球球，这孩子究竟谁啊，黑白通吃。

既然大家想法一致了，行动需要计划，闲着也是闲着，这就开始聊吧。刘十三建议，看越剧当天，买通团长，《五女拜寿》高潮部分，不拜寿了，牛大田突然上场，掀开贺礼，不是寿桃，九朵玫瑰花，想必秦小贞无法抗拒。

球球呸呸吐瓜子皮："土。"

刘十三："那掀开贺礼，不是寿桃，九十九朵玫瑰花。"

牛大田说："土。"

刘十三一口喝掉茶水，把茶杯啪地敲在桌上，大声说："你们想，你们厉害，来来来，表现给我看啊！"

球球莫名其妙，问牛大田："他生什么气？"

牛大田摸摸后脑勺："生自己的气吧。"

球球嗑着瓜子，问："牛大田，你喜欢她，她知道吗？"

牛大田一愣，结结巴巴地说："大概……知道吧……"

球球点头："嗯，每天上班你都跟踪。她生病，你往她家院子里丢药，被她家狗咬了。她生日你在河滩放烟火，放那么高，她看得到。所以我想，个人看法，她一定知道，你很喜欢很喜欢她。"

刘十三震惊，牛大田还有这些手段，比大学生强多了。

两个大人眼巴巴望着球球，她捏紧小拳头，砰地一砸桌子，斩钉截铁地说："这一次，你就告诉她，你能为她做一切。首先，关掉赌场。越剧有什么好看的，年轻人要浪漫，说是看越剧，当天你放一把火，把赌场烧掉，烧出你对爱情的承诺，烧出你对爱情的狂热。"

全场沉默，刘十三冷汗涔涔，球球毕竟年幼，无知的话说起来一套一套的。你让牛大田烧光全部身家？你咋不让他投案自首，重新做人，来年高考，成为镇上一代知识分子呢？

牛大田不吭声。

球球继续嗑瓜子，无法无天的童年真是叫人羡慕啊，她继续说："谁家女儿愿意嫁给没文化的流氓？要改变她父母对你的印象，必须烧掉赌场，重新做人，来年高考，成为镇上一代知识分子。"

牛大田直勾勾看球球，艰难地开口："只能这样吗？"

球球跳下凳子："口口声声说为爱付出一切，结果又嫌代价太大。刘十三，走，我们的保险不卖给他。"

刘十三发现球球只是虚张声势，拼命嗑着瓜子，其实为了缓解压力。

牛大田皱眉，球球咔咔咔连嗑三粒，她自己都没觉察，嗑瓜子的速度越来越快。她的小短腿抖得厉害，比以前刘十三自己等客户反应的时候，还要紧张。

刘十三想，她真的很在乎这笔订单。

牛大田思考很久，刘十三陪着发呆，球球瓜子皮嗑了一地。

无论如何，这份订单都是刘十三最成功的一笔了。因为他做那么多推销，客户听他讲完开场白，就会赶他离开。像牛大田这样陷入思索和纠结，他从未做到。

口口声声说，愿意为目标牺牲一切，其实呢，你究竟愿意付出多大代价？

一笔订单提成五百，你是否会用十天去了解他，用十天去接近他，用十天去说服他？

刘十三有些恍惚，想起牡丹，想起两年冬至之间，可以问她夜晚去哪里，可以学会吉他为她唱歌，可以发现她并不爱他的事实，可他用尽力气，其实都只是在重复等待。

等待而已，也叫努力？

是在等别人离开，还是在等自己放弃？

刘十三千头万绪，牛大田千头万绪，球球趁机要了屉小笼包。

5

小学翻新过三次，加建过两次，茶田围绕操场，郁郁葱葱。暑期补习，参与课程的是四年级以上的学生，校内人数不多，从校长办公室传来气急败坏的咆哮。

罗老师已成罗校长，教学的气势终于超过打麻将的气势，吼得眼镜都快掉下来了：

"迟到第几次了？昨天割猪草今天要喂牛，你家开了个动物园啊？还点头，那我晚上去家访，要不要收门票？"

"五括号十括号这么简单的成语填空，五光十色你想不出，你写什么五元十件！哪家店这么便宜？你编都不会编！"

"给我跑圈！操场跑圈，一边跑一边喊，雍正的爸爸是康熙！

乾隆的儿子是嘉庆！"

程霜穿越罗校长的火线，找到班主任："李老师，上次我跟你说的美术比赛，你有支持我吗？"

李老师正拿着药瓶灌降压药，有气无力："小霜，文化课都来不及，县里的美术比赛就放弃吧。"

程霜说："学习成绩是荣誉，美术比赛也是荣誉，咱们学校学生虽然脑子普遍不好，但非常狡猾，可以扬长避短，争评艺术强校。"

李老师咳嗽两声，委婉地说："哪怕我同意，学生自己也怕耽误学习。"

程霜很高兴，掏出一张纸："李老师你放心，我选的几个成绩都特别差，没啥可耽误的。"

李老师胸口一痛，又想吃药，办公室突然陷入诡异的寂静。

"保安呢？！"

"快赶他走！"

"救命啊！"

救命都喊出来了，程霜和李老师齐齐回头，办公室走进一个披头散发的男人，胡子拉碴，背着竹筐，只穿一条裤衩，裤衩破破烂烂，乍一看是个裸男。

程霜大惊失色，李老师叹气，说："镇上的疯子，到处晃悠，又来了……救命啊！"

裸男径直走到她面前，冲李老师亮出手中的东西，顿时李老师的尖叫响彻楼层，程霜也跟着惨叫。

竹筐内全是羊粪，裸男掏出一把，摊开手掌，展示给李老师。李老师叫完，裸男傻笑，没有后续举动。李老师颤抖着说："你……你想要干什么？"

裸男傻笑。"老师，我给女儿交学费。"他颠了颠羊粪，说，"你看，我有很多钱，够不够，不够我还有……"

李老师镇定地说："这些不是钱，钱是一张一张的。"

裸男陷入迷茫，程霜偷偷说："李老师，我真是佩服你，这种情况下还能跟他讲道理。"

李老师小声说："他每学期都要来一趟，习惯就好了……救命啊！"

她再次尖叫，裸男连掏几把羊粪，搁在办公桌上。"真的不是钱，我找找。"他取下竹筐，一阵扒拉，找出一个旧报纸裹住的长方体，打开，取出一沓平平整整的字条："老师你看，很多很多钱，这五千，这两万，这三千……"

程霜看得清楚，一张张白条，字迹各异，写着不同数目的欠款，欠款人签名，微微发黄。

李老师叹口气，居然没有愤怒，温和地说："王勇大哥，银行里的那种才叫钱，印着人头。这些字条啊，没用的。"

裸男委屈："我的不是钱吗？"

李老师说："是钱，但银行不认，学校不收。"

裸男不甘心："你说一张张的，这就是一张张的。"

如何同精神病解释清楚呢，李老师又想叹气。

罗校长匆匆赶到，见势不妙，扭头就走。程霜一把拽住她："小姨，他怎么了？"

罗校长说："王勇啊，外地人跑到镇上开家具店。老婆生大病，以前打借条的人躲起来不还，他卖了店，钱花光，治不了，老婆半夜跳河了。"

程霜静静听着。

"那时还没疯，老婆留下个女儿，三岁不到，他带着女儿每天讨债，受刺激一多，慢慢变傻了。从女儿六岁起，隔三岔五跑来，两年了，这么一个傻子，还惦记着要给女儿报名。老师们募捐过，父女俩不要。女儿说，要自己挣钱交课本费，这才几岁……"

得不到结果，裸男似乎被激怒，迅速包好字条放回竹筐，大喊："上次我来你说要钱！这次我带钱了，你说要银行的钱！你不想还钱，你就是不想还钱！你老是找借口，当初借给你的时候，你怎么说的？你说周转下，很快！七年了啊兄弟，你多大的生意要周转七年？"

老师们集体心中一沉，完蛋，裸男串戏了，进入讨债场景。

被吼得头晕目眩，李老师眼泪唰地流下来："你冷静下，我没欠你钱，不关我的事。"

裸男慌张了："你别哭啊，实在为难的话，过几天再说吧。我不急，我老婆最近好点了，还能拖几天。"

裸男愈加混乱，保安到了："住手！我的个亲娘哎，地上啥！我脚上踩了啥！"保安还没熟悉战场，裸男冲他丢羊粪。

满头满脸羊粪，保安眼泪唰地流下来："啥！这是为啥！"

6 /

离小学不远，街道口是盒饭摊子。临近中午，做盒饭的毛志杰正炒菜，分进一个个搪瓷罐子。他留着两撇小胡子，穿着卡其色背心，耳后夹支烟，乱糟糟的头发全是汗。忙碌间，远远望见疯子王勇垂头丧气走来，赶紧盖上锅盖。

疯子王勇摘下竹筐，靠墙蹲着，抱头呜呜地哭。

虽然知道结果，毛志杰依然问了句："报名报好了？"

疯子王勇摇头："他们不认我的钱，打我。"

毛志杰冷笑："活该，你这样的，打死最好，一了百了。"他盛了碗饭递过去，疯子直接用手抓饭，烫得一抖，碗砸在地上。

毛志杰气不打一处来，抄起锅铲就往疯子头上敲："抓什么抓？烫不知道，还吃什么饭！"

锅铲敲到疯子头，梆梆作响，他没有理会，趴着拼命捡米粒，抓起往嘴里塞。白饭沾满泥土，掺着沙子，毛志杰看着牙酸，干脆用脚把饭踢开。

疯子急得拍他脚，毛志杰劈头盖脸打过去："好人坏人也不知道，还跟我凶！"疯子抱住他的脚，毛志杰重新盛了一碗："吃完滚，老子要做生意了。"

疯子傻呵呵地笑："没味道，来点菜。"

毛志杰给他挖了一勺土豆，疯子恳切地说："太淡，卖不出去，加点盐。"

毛志杰正在炒肉丝，无动于衷，疯子从竹筐捡了把羊粪，丢进锅里："现在好了。"

毛志杰呆在当场，整整一锅青椒干子肉丝全部报废。疯子一脸傻笑地邀功，毛志杰一脚踹翻铁锅，拿起锅铲就打。

7 /

程霜来的时候，看到这幅场景：裸男抱头鼠窜，饭菜散落一地，毛志杰七窍生烟。她忍不住喊："别打了，弄坏什么我赔！"

毛志杰停手，出乎预料，小镇还有人当冤大头，天道轮回，不宰白不宰，摊手说："瞧你说的，弄脏一锅菜，锅子不能用了，算你三百三吧。"

程霜瞪大眼睛："这菜要三百多？"

毛志杰怜悯地看她："菜五十，锅子两百八。"

程霜沉默一会儿，掏出五十："菜钱，锅子我给你送个新的来，等我一刻钟。"

程霜离开，毛志杰拿着钱，骂骂咧咧，不留神钱被疯子一把夺走。疯子对着阳光，观察着嘀咕："纸做的，一张一张的，有花，有人头，中国人民银行，这是钱。"

毛志杰抢回来："这是我的钱。"

疯子眼巴巴瞅着，畏惧他手中的锅铲，小声说："女儿报名，要钱，四百，你能不能借给我？"

毛志杰收拾摊子，没好气地说："我借你，你能还啊？好意思说你女儿，屁点大，到处骗吃骗喝，还要养活你这个神经病。"

疯子不回嘴，笑嘻嘻地听毛志杰骂骂咧咧。

毛志杰没抬眼，从桶里打水，刷着锅子，说："镇上有人家想养，为了你，她不去。让我说吧，你要真为她好，赶紧去死，你一死，她就没了拖累。人一死，多轻松，大家都轻松。"

他说得狠毒，刷锅的手越来越重，似乎不只说给疯子听。

程霜从罗校长家偷了口锅，拎着回来，疯子不知去向，毛志杰面不改色用旧锅炒菜，见到新锅毫不客气地收下。

程霜想了想，问："对了，你为什么打你姐？"

毛志杰面孔狰狞，举起锅铲，指着她骂："去你妈的，不要提她，她不是我姐！"

8

储蓄银行隔壁，广场的集上，许多店家忙碌。卖花的搭棚搬盆，山茶长势蓬勃，程霜路过人群，路过麻花车、烘糕摊、灯笼铺，突然停住，深深吸口气。

旺盛活着，生机勃勃。

刘十三经常说，小镇人民怠惰疲懒，没法发展。可她喜欢这里，每个人确实不看未来，只在乎眼前，一餐一饮，一日一夜。城市中，拿到奖金去商场会喜悦。小镇上，阴雨天看葫芦花开会喜悦。两种喜悦，可能是分不出高下的。

秦家茶楼中，牛大田还在发呆，刘十三还在反思，球球不知吃了多少东西，摸着肚子幸福地打盹。

程霜问："顺利吗？"

她问刘十三，牛大田下意识回答："不顺利！如果烧掉赌场，员工怎么办？我靠什么创造美好未来？"

程霜疑惑地说："烧什么赌场？"

牛大田失魂落魄，说："只能这么干吗？"他双目无神，拿起搭在椅背上的外套，满身苍凉地离开。

等他走掉，反应过来的刘十三惨叫一声，愤懑地说："买卖不成仁义在，他不买单就走了？"

球球追出门，边追边喊："牛大田，你不干的话，连跟秦小贞结婚的机会都没有！"

球球的喊声越来越远，竟然跟着溜了。

刘十三和程霜面面相觑，秦老板不失时机："上午喝到下午，早饭中饭两顿，一共两百五十六，算你两百五。"

刘十三说："我没带钱。"

程霜说："我钱刚用完。"

刘十三无可奈何："莺莺小卖部知道吧，你去问我外婆要钱。"

秦老板笑了："原来王莺莺家的啊，她身体怎么样？"

刘十三说："活蹦乱跳的。"

秦老板收起账单："跟她说，身体好点就来打麻将。"

刘十三出门后才想起来，王莺莺好像真的不打麻将了。他回来几天，王莺莺待在小卖部认真工作，可能老年人也有社会危机感吧。

没走几步，球球哭喊着奔跑过来："爸爸，妈妈，我迷路了，找你们找得好辛苦啊。"

说着她站到两人中间，小手左右各牵一个，胳膊晃晃悠悠。喝了满肚子水的刘十三犯起困，脑子迷糊，觉得彼此真像一家人，初夏阳光灿烂，小镇陈旧，空气新鲜，他正带着老婆孩子，高高兴兴去探亲。

程霜突然说："原来是这样啊。"

"怎样？"

"结婚，生个小孩，被叫妈妈的感觉。"

程霜摸摸球球柔软的头发："还以为自己没机会体验了。"说完她冲刘十三笑一笑，满足地搂紧他的胳膊："孩子他爸，回家。"

刘十三瞬间身体僵硬，听着自己本能地回答："好。"

9 /

煤气灶、电磁炉虽然方便，但有件事情只有煤球炉才能做到完美。王莺莺打开炉子的小门，换下燃得正旺的两块，垫进去粉灰色的旧煤球。

这样火候不会太过，温度不徐不疾上升，刚好摊蛋皮。

长柄小圆铜勺，刷上一层薄薄的菜油，倒进去蛋液。王莺莺轻轻转动手腕，一圈一圈，蛋液均匀地晃上勺壁，晃成小碗大小，蛋皮金黄香嫩，筷子一挑，落到竹匾上备用。

灶头上煨着蹄筋，日头出来开始炖，现在已经软糯，往外扑着脂肪香气。

她算着时间，最后一滴蛋液倒入铜勺，煤球炉开始降温，她满意地点头，一点都不浪费。

瓷盆中盛着用料酒香油食盐腌过的肉末，王莺莺细细剁好小葱拌进去，又剁碎一小堆马蹄，一起搅和均匀，再用调羹挖取，裹入蛋皮，用蛋液封边。

一个个圆胖的蛋饺很快铺满竹匾。

刘十三回家，蛋饺下入蹄筋高汤，滚点肉圆蚕豆进去，顶饱又好吃。

这道菜朴素，费时，好处是有吃不完的蛋饺，可以捞出来放进保鲜袋，到冰箱冻住，等十三回学校的时候可以带上。

他说吃泡面的时候放一个进去，面泡好，蛋饺也化开，吃得比别人高级。

这时候才想起，外孙已经不上学了。

有人敲院子门，王莺莺擦擦手，是镇上电器行的小孙，骑着电动车，递过来一个长方形小盒子："阿婆，你要的是不是这个？"

她接过来拆开，是一支样式稀奇古怪的笔，皱眉说："我要录音机，能录声音那种，你带个笔给我干什么？不要。"

小孙笑嘻嘻："这叫录音笔，现在大家都用这个录音，电视上的记者都用这种。"

王莺莺颠来倒去地看，搞不清名堂："怎么用？"

小孙说："说明书一看就懂，很简单。"

王莺莺拍他后脑勺："我是文盲！你们不给文盲服务？"

小孙下车，手把手教会了她。王莺莺试了两次，觉得挺好用，一看小孙想走，忙喊："等等！"她匆匆进屋拿了个随身听："帮阿婆看看，这个能不能修？"

小孙翻了翻："太老啦，不过原理简单，能修。"

王莺莺期盼地看他："里面的磁带呢？"

小孙拿出磁带，有点意外："这磁带得多少年了？磁粉快掉光了，估计带子一碰要散。"

王莺莺小心地恳求："那你修好它？"

"磁带不能修，你懂吧？"

　　王莺莺怔怔地捧着随身听："一点办法都没有？你这么聪明，懂科学，也没有办法？"

　　小孙心软，想了想，问："磁带里面的东西很重要啊？"

　　王莺莺郑重点头："非常非常重要。"

　　小孙接过去："我拿回店里，找师傅看看，看能不能转录。先说好，希望不大，弄坏了也不怪我。"

　　王莺莺连忙点头："不怪你不怪你，谢谢啊，谢谢你小孙。"

　　小孙开动电动车，走出十来米了，王莺莺还在后面喊："路上小心，谢谢你啊小孙。"

　　王莺莺坐回院子，桃树枝叶茂密，风吹得哗啦啦响，仿佛从山林间带来了消息。她满足地闻了闻，似乎能闻到风中的气息，它翻山越岭，穿过岁月，有浪潮轻拍沙岸的味道。

有朵盛开的云，

缓缓滑过山顶，

随风飘向天边。

刘十三以后才会明白，

有些告别，就是最后一面。

Chapter

9

人间火烧云

1 /

刘十三梦见了智哥。两人毕业前夕，坐在小饭馆，喝得面红耳赤。

智哥说："我真正的音乐梦想是摇滚，摇出精气神，摇出对时代的呐喊。"

刘十三问："摇滚高级，还是民谣高级？"

智哥说："这个问题我至今没有想明白。语文老师告诉我们，天下职业不分贵贱，人人平等。过了几天家长会上又说，教师是神圣的，下边各行各业的家长纷纷点头。

"教书育人我同意比较神圣，那既然职业不分高低贵贱，大家都应该是神圣的啊，包括电梯里打着毛衣按楼层的大嫂。

"后来发现，神圣的果然越来越多，医生农民科学家，一个比一个神圣。看奥运直播，解说员反复唠叨，神圣的奥林匹克精神。看篇稿子作者又提到，神圣的新闻职业道德，通篇金光四射，感觉像在祭坛上写的文章。电影绘画文学也神圣，写个评论义正词严歇斯底里，感觉手里握了面旗，鲜血染红的那种。

"我整个人开始大彻大悟，全人类都在神圣领域，就看你自个信不信。你要信了，那就是信仰。但从逻辑上只能你自个仰自个，毕竟大家都位列神班，你不能强迫房产经纪、网络营销、保险推广跪在你面前，他们一样拥有精神，就跟神圣的奥林匹克精神一样，你去问问他们的部门经理，他可以告诉你他们神圣的地方在哪儿。

"说实话，事到如今，我就赞同一件事，私有财产神圣不可侵犯。你同不同意？"

刘十三点头："我同意。"

智哥严肃地说："好，既然你同意，那这顿饭大家 AA 吧，因为私有财产神圣不可请饭。"

做的梦比较辩证，容易昏沉。刘十三睡醒，天光大亮，手边奤拉着保险教材，笔早就滚落床底。最近球球选择跟他睡，动辄睡到他头顶，趴到他肚子，让他睡眠质量一天不如一天。

刘十三坐起身，球球双膝跪在写字台，小手撑着，聚精会神，贴窗往外看。

刘十三凑到边上，球球说："嘘，动作轻点，知道什么叫听墙根吗？"

"啊？"

"没学过我教你，现在咱们就在听王莺莺的墙根。"

2

桃花树下站着一个老头，头发花白，白色短袖衬衣，一副金丝边眼镜，西裤熨得笔直。王莺莺扫地，示意他抬腿，老头往后退一步，恢复立正的姿势。

刘十三低声说："老李头啊，你认识。"

球球咂咂嘴："我镇大富翁，修表的。"

刘十三警惕地说："老李头不会看上王莺莺了吧。"

球球摸摸下巴："要是他想当你外公，那我过年也能多个红包。"

刘十三捏住她脸颊："闭嘴！"

球球瞪大眼睛，小脸被捏得变形，依旧奋力辩驳："老李头很有钱的，说不定能买你好多份保险。你想，多个有钱的外公，听起来没坏处。"

刘十三思索一下，松开手："有道理。"

"嫂子，我得回去过中秋了。上次回去，我妹妹说，到了七十二岁那年，中秋一定要回去过。真快，五六年一转眼的，我就七十二了。"

王莺莺把笤帚往墙角一丢，拍拍围裙上的灰，蹲下来盘货，说："应该的，飞机方便，你早该回去。"

老李头摘下眼镜，揉揉眼睛，说："昨天睡得晚，一直想，都老成这样了，这次一走，可能就回不来内地了。"

老李头停顿一下："要是没回来，那我就是死在对面了。"

王莺莺手里活停了下，继续拆箱子，拿出一包一包方便面，说："我们有句老话，叶落归根，人一到岁数，逃不掉的。"

"好多事情，昨儿一件一件想起来。我哥偷偷摸摸带你去看妈祖祭，把你弄丢了，全家找到天黑，结果你在海边睡着了。

你们结婚那天，老家风俗是送花圈，把你吓的啊，怎么劝哭都止不住。"老李的声音有点哽咽，"我哥走得太早，答应他照顾你，你不肯。怎么像过去了没几天，没想到，其实一辈子过去了。"

王莺莺打断他，胡乱翻着东西："哎，对了，你要不要拿点特产带回去，刀鱼我送不起，茶叶吧，你们家里人也爱喝茶。"

老李头拎起脚边布袋，掏出一个纸盒子，说："老家寄来的，二十多年没吃过了吧，你尝尝。"

王莺莺呆了一会儿，镇定地接过去，手有些抖，迅速摆进货架。刘十三仔细看，盒子牛皮纸做的，淡黄色，扎了几道绳，写了三个字：凤梨酥。

老李头抬头，望望桃树，深深吸一口气，说："走了。"

王莺莺说："好。"

老李头转身，好像佝偻了些，走得老态龙钟，到门口回头："有件事要麻烦你。"

王莺莺挥手："好说好说，你讲。"

老李头说："钟表铺带不走，只能麻烦你，帮我照管下。"

王莺莺点头："这个小事情。"

老李头继续说："房产证和赠予证明，我压在凤梨酥下面了，扎在一起。如果我回不来，送给你，卖掉也好，留着也好，你看着处理。嫂子，我走了。"

树叶被风吹得轻晃，阳光破碎，蝉声隐匿，像远方的潮水。有朵盛开的云，缓缓滑过山顶，随风飘向天边。刘十三以后才会明白，有些告别，就是最后一面。但这一刻，他听到的消息过于震撼，迅速问球球："他的钟表铺值多少钱？"

球球肯定地说："大概值三个棋牌室。"棋牌室算多大的货币单位，她根本不懂，但三个似乎足以表达昂贵的程度。

刘十三在屋内来回踱步，激动地说："把铺子卖掉，我就能给全镇人民买保险啊！一千份保险，全搞定，没想到我的成功来得如此容易。"

球球跳下写字台，激动地说："我们要发财了？"

刘十三虽然美滋滋，可良心怦怦跳动："哎呀哎呀，总不能白拿人东西吧？"

球球一头栽进钱眼里，根本不想出来："给乡亲们买保险有什么不好的！你就当为老李头做慈善！他会理解你的！"

3

院门带上，老李头走远了。王莺莺发了会儿呆，扭头看到刘十三和球球，一大一小，鬼鬼祟祟，扭扭捏捏。

她"哧"了声，一反常态，没有操起武器揍外孙。

刘十三箭步上去，给她捏肩膀："外婆，李爷爷送你好东西了吧？拿出来分分。"

王莺莺没好气地打开他的手："分什么分，别人的东西。"

球球眼神充满鼓励，刘十三继续谄媚："我听到了，赠予证明都有，就是你的东西。"

王莺莺说："我会帮他照看铺子，钱人人都要，但白拿的话，死都不会安心的。"

她这么一说，刘十三和球球发财的快乐一扫而空。幸好一个白痴，一个幼稚，王莺莺端上秧草河蚌汤、花菜炖肉，两人立刻就没什么不满了。

4 /

刘十三的日常生活已经固定，收集全镇居民资料，进行评估，挑出推销保险成功性比较高的，展开地毯式轰炸。球球和王莺莺提供资料，程霜分析，刘十三行动。几天下来，工作成绩还没看到显著提升，但他再次熟悉了云边镇。

童年的长辈，都两鬓染白。年轻人大部分去了异地，剩下的给茶园打工，少数继承祖业，绕着小小的店铺生活。

千禧年以前，越剧团来是件大事，在电影院演出，人山人海。那时放电影，除了学校包场，基本坐不满。因为收益差，影院老板平时直接改成录像厅，台上摆个电视机，门口箱子里一堆VCD碟片，两块一张票，自己挑碟子进去。逃课少年和无业青年，常常拎袋瓜子，一待一下午。

千禧年以后镇上多了网吧和KTV，电影院越来越正规，剧团来得少了。那些声名显赫的旦角名字，逐渐模糊，逐渐消失，刘十三只记得她们女扮男装，一袭长衫，苦读中状元，一回首神采飞扬。

周末广场前人潮汹涌，完全出乎刘十三意料。听闻是浙江省著名剧团，一票难求，云边镇人民爆发出了可怕的热情。

5

黄昏盖满山间，云边镇电影院内传出"磬哐磬哐"的锣鼓声，人们陆续进场，检票老头一张张撕下票根，偶尔看眼外面，那姑娘不是银行的秦小贞吗？外面站半小时，在等人吧。

槐树下，秦小贞抬抬手腕，六点半。她往东边张望，那方向有服装一条街，五金副食店，再远点还有浴室和茶楼。夏天太阳落山晚，这会儿露着紫红色的天际线，天空蓝墨水似的，她看的地方都亮起碎金般的灯光，亮成一串一串，等的人没来。

那就是不来了吧？秦小贞想着，凉鞋踩踩地面，画一个圈，那怎么办？总不能自己进去吧？两张票浪费一张，心里难过。

她轻叹口气，不远处有脚步声，惊喜地一抬头，眼睛里的光瞬间暗了暗，不是她要等的人，但确实是找她的。

"小贞，你怎么还没进去？"

问话的是秦小贞妈妈，新烫的头，挥着蒲扇赶蚊子。秦小贞爸爸看女儿不吭声，立刻目光四周扫扫，没发现可疑人士。

秦爸爸哼了声："走吧走吧，一块儿。"

秦小贞偷偷往那个方向再瞄一眼，不情不愿："里面闷，我等一会儿进。"

秦妈妈眯着眼看墙上海报，第一场《五女拜寿》，第二场《醉打金枝》，第三场《珍珠塔》，随口说："你小姨刚刚打电话，要来看，没票，正好碰到你，你不是发了两张吗，给她一张吧。"

秦爸爸说："还有一张票呢，拿出来，我打电话喊她。"

秦小贞咬着嘴唇想借口，多疑的秦爸爸板着脸，问："票呢？"

"丢了。"

"丢了？一个信封里的怎么丢，昨天还看你放茶几上的。"秦妈妈皱眉。

"丢了就是丢了，只有一张票，小姨要的话，拿我这个好了。"秦小贞开始发急，之前期待某人快来，这会儿反而希望他别来。

秦爸爸是退休工程师，预判能力极为出色，一看秦小贞的神情，推测真相："你给那个牛大田了？"

秦妈妈后知后觉，才发现女儿今天穿一件白色雪纺连衣裙，以前她嫌容易弄脏，不怎么穿。今天秦小贞不光穿裙，还细细画了眉，淡淡涂一层唇彩。秦妈妈跟着猜到真相，痛心疾首："小贞啊，你这是不学好，牛大田没出息的啊！算了，不看戏了，回家，我们回家好吧？"

秦妈妈拉她的手，秦小贞一言不发，寸步不移，低着头。

6

槐树边，还有一棵槐树，底下站着创业三人组。看到秦家人脸色铁青，刘十三说："来看戏的，结果要被人看戏了。"

程霜说："他们好像吵起来了，秦爸爸在骂人，我去找牛大田。"

刘十三轻蔑地呵斥："现在他们是家庭内部矛盾，你把牛大田抓过来，他们就增加了外部矛盾，到时候不但吵架，还会变成打架。"

程霜呵呵笑了笑："那你有什么高见？"

刘十三看着不远处的秦小贞，她既不肯走，也不吭声，按照他接待客户的经验，此类型的女士要么不爆发，要么鱼死网破，非常贞烈。

他想想说："我们派球球去传话，让她先回家，半夜收拾好细软，我们接她跟牛大田私奔。"

程霜上脚一个飞踹，刘十三差点跌出槐树范围，他捂着屁股怒目而视："你干吗？"

程霜冷笑："你和牛大田拐卖妇女，秦家人做鬼都不放过你们。"

球球乐呵呵捧着一袋子炒米，边吃边劝："爸爸妈妈冷静一点，注意身体。"

秦妈妈蒲扇都不扇了，苦口婆心，想让女儿回心转意："小贞，我跟你爸爸在镇上算是开明的，没逼过你。牛大田实在不行啊，我们从小看他长大的，但凡他有一点上进心，也能考个专科学校，他做正经事了吗？"

一个声音闷闷传来："只有念书才是正经事吗？"

牛大田竟然出现了，风云际会，矛盾人物集体到场。秦小贞和牛大田有约会迟到的矛盾，牛大田和秦小贞父母有拐骗女儿的矛盾，秦小贞和她父母有恋爱自由的矛盾，三足鼎立，刘十三、程霜、球球屏住呼吸。

秦妈妈没给牛大田好脾气，眉头一皱："我不管别人家规矩怎么样，在我家，做女婿至少要上过大学。"

刘十三又惊又喜，自己居然达标了。

程霜捅捅他："你们家有什么规矩吗？"

刘十三不屑地说："当然有，做我们家媳妇至少要有二十万存款。"

球球问："做你们家小孩呢？"

刘十三想了想："小孩没什么钱，就只要十九万吧。"

一大一小两个女人齐齐翻他白眼，刘十三乐呵呵的："幸好你们问的是我，问王莺莺，价格还要往上翻一番。"

程霜说："俗气，你看秦小贞他们家这个要求，其实合情合理。"

刘十三一阵感伤："其实牛大田宁愿秦家狮子大开口，要他个几十万。对他来说，学习比贫穷更可怕。球球，将来你会学到一个成语叫作穷则思变，其实这个成语的全文是，穷则思钱，富才思变。"

程霜补充说:"他在放屁。"

7 /

秦爸爸看都不看牛大田一眼,不顾面露哀求的女儿,抓着她要走。

牛大田着急地喊:"叔叔,慢慢谈嘛,对我不满意,没问题,请您给我一个机会,做到您满意!"

这番话比较体面,但秦爸爸不打算给他脸,转身说:"没机会,我不会把女儿交给一个开赌场的,我们秦家没人进过派出所,你好自为之。"

牛大田张大嘴巴,说不出话,秦小贞一步一挪,慢慢腾腾离牛大田越来越远。

牛大田终于大吼一声:"等一等!"

这一声吓到大家,不由自主停了脚步。牛大田微微弯着腰,低下头,两只胖手交叉,指关节发白,刘十三甚至能看清他在颤抖,像一个等待宣判的嫌疑人。天色渐渐昏黄,小镇路灯亮起来,牛大田默不作声,额头全是冷汗,似乎话憋在喉咙,一个字也吐不出来。

他沉默了几秒,现场人人度秒如年,刘十三有些同情。冬至的雪地中，他遇见过类似的沉默，空气凝固，要自己提醒自己，才想起来呼吸。他扫了一眼，突然又有些羡慕，因为秦小贞的动作表情和牛大田差不多。

他们和他不一样。他是悲伤的沉默，他们是执拗的沉默。

悲伤的沉默，时间会打破，让两条河流去向不同地方。执拗的沉默，自己会打破，执拗代表他将摧毁堤岸，哪怕河流就此干枯。

牛大田吭哧吭哧，迎着秦家人的目光，说："我改。"

刘十三可以想象秦家人的回答，但没等到他们说话，旁边几个人指着南边，喊："啊呀！"

所有人，包括秦小贞一家，刘十三，程霜，球球，小广场的群众，一起抬头，望向南边。

黄昏中爆出一蓬饱满的烟火，和火烧云连成一片，夹杂着一串一串的流星，射向夜空。腾腾雄起的火焰上方，无数烟花炸开，不讲节奏，不讲道理，噼里啪啦，轰轰烈烈。

所有人看傻了，这场面突如其来，像一整个元宵节，在小镇南边集中燃烧。

秦小贞呆呆望着，眼睛里倒映璀璨烟火，眼泪慢慢流下来。

秦妈妈缓过神，小声说："搞什么，你又放烟火……"

她的声音戛然而止，刘十三也注意到不对劲的地方，脱口而出一句："日啊！"

他的心狂蹦，真的狂蹦，咚咚咚咚，仿佛一下一下在锤击，又重又急促，蹦到胸膛胀痛，下一秒就要裂开。不是每个人只愿意沉默，不是每个人只愿意等待，会有人怀抱炸药包，贴住高高厚厚的城墙，粉身碎骨。

天空越来越红，越来越亮。南边有一栋独立的平房，以前是粮油站，后来改造成赌场。

牛大田双膝跪下，呜咽着说："叔叔阿姨，我知道，你们不喜欢，不喜欢我开棋牌室，觉得不是正经工作，觉得我不是好人。为了小贞，我今天决定把棋牌室烧个精光。"

秦爸秦妈受到的冲击太大，不知所措。

牛大田继续说："可是！"

全场观众感动被打断，你好好表白，怎么还有"可是"。

牛大田泪如雨下："可是，粮油站属于国家财产，他们说烧房子是纵火犯，兄弟们一边哭，一边拖着我不给点火，说我会被枪毙。我只能把麻将桌、扑克牌、骰盅都堆到后头麦田烧。去年买的烟火也搬过去了，东西太多了，还有沙发凳子，几十箱酒，我跟兄弟们搬了一天，搬到刚才才搬完……我……"

秦小贞哭了。

牛大田哭得更凶："小贞，对不起，我迟到了。第一次约会我就迟到了，对不起……"

刘十三望着那片火烧云，怔怔出神，他没发现自己牵着程霜的左手，也没发现程霜用右手擦掉了眼角的眼泪。

秦爸秦妈眼圈泛红，嘴唇嗫嚅着，明显抗拒中带着一丝感动，坚持中带着一缕困惑。

牛大田依然跪着："叔叔阿姨，我真的喜欢小贞，最喜欢的那种喜欢，为了她我什么都可以做，请你们批准！"说完他为了加重语气，砰地磕了个响头。

围观群众齐齐倒吸一口冷气，进场看戏的人退了出来，检票的香烟快烧到手都不知道，几百号人踮着脚，脖子抻长，鸦雀无声，只有戏院内隐约传来喇叭声："演出即将开始，请大家抓紧时间，依次入场，对号入座……"

几枚烟火升空，嗖嗖地盘旋，秦爸爸抚着额头，秦妈妈快把衣角扯破了，哎呀哎呀叹气，半天说了句："这孩子，你也太老实了，东西嘛卖掉就好，烧掉干吗，不浪费的啊？沙发啊酒啊留着也有用……"

程霜和球球眼睛一亮，扯扯刘十三衣角："哎哎！"

刘十三立刻说："我听到了，有戏啊。"

牛大田开了多年赌场，察言观色一把好手，显然听出秦妈妈让步的口气，噌地站起来："不浪费不浪费，还没烧光，我们慢慢看，来，叔叔阿姨来这边，这边看得清楚。"

8

越剧演出牛大田终究没看成，秦小贞把戏票给了小姨，但他手舞足蹈，活活烧出一条爱情道路。

牛大田欣喜若狂，一口气买了刘十三整整四份保险。

刘十三欣喜若狂，抱着四份签好名字的保单不肯撒手。

直到晚上，他才想起来，这是周末的晚上，手机振动，工作群里都在汇报上周业绩。

"吴梦娇二十六份保单再度夺魁！"

"徐荣、国光、曼曼统统揽下二十份战果！"

工作群喜气洋洋，侯总发问："还有谁没汇报？"

静寂片刻，大家纷纷举报："还有刘十三。""@刘十三，侯总找你。"

今时不同往日，刘十三总算也有东西可以汇报："我卖出去四份。"

消息发出去，大家不知道应该嘲笑，还是惊叹，于是选择发送表情包。大家判断不准风向，胡乱发着动图，侯总带动节奏："不是说好的一千份吗？"

同事们一窝蜂地评价：

"还以为四十份。"

"按照这个速度,刘十三在五十七岁的时候可以达成!"

"老铁六六六,算得这么快!"

脑袋凑在旁边偷看的程霜,一把抢走手机,按下一串字:
"少废话,走着瞧。"

黑暗中一点一点的光，

逐渐蜿蜒向上，

密林中亮起一条灯笼做的小路。

悲伤和希望，

都是一缕光

1 /

七月过得很快，刘十三悲伤地发现，自己回到了一种温馨又从容的生活节奏。几时起床无所谓，只要十点之前，就能赶上王莺莺的早点。面对乡亲们的推销，尽管进展缓慢，但不会被人踢出门，买不买另说，一定会留你吃饭。天气越来越热，有天雨后的黄昏，刘十三端着饭碗，一抬头，居然看见一道彩虹。潮湿的空气，翠绿的山野，半天透明半天云，彩虹悠闲地挂着，几乎都要投映到桌上的汤盆里。

程霜和球球准点来蹭一日三餐，一大一小两个女孩虽然脸皮厚，也知道跟在王莺莺屁股后面，为小卖部做点贡献，又扛货又看店，不算吃白食。

刘十三觉得人生正在被腐蚀，程霜却说这就是美好。

在院子里吃过饭，王莺莺说要去摘番茄，叼着烟不见了。刘十三洗着碗，程霜凑近："给你看个惊人的东西。"她把一张纸摊在饭桌，"我研究保险的特点，设计了一份客户含金量计算表。"

她点点皱巴巴的破纸："按照这个表格，可以简单计算出这个人成为客户的可能性。"

球球听不懂，照样卖力鼓掌："妈妈好厉害！"

刘十三擦擦手，满脸狐疑："什么原理？"

"拿你打比方吧！"程霜握笔开始演示，"表格写明，年收入高于十万，成功率加百分之十；低于十万，减去百分之十。而你的年收入低于五万……所以要减去百分之二十，现在你成为客户的可能性是负二十。"

刘十三准备抗议，程霜又说下去："考虑你的年龄，低于三十岁，可能性再减百分之二十……这个好理解，年轻人不怕死，很少会买保险，你懂？"

球球表态："我懂！"

刘十三不好意思说不懂，只能点点头。

程霜继续推算："加入你的性别、家庭构成、性格等变量，好了，现在得出结论，如果以刘十三为推销对象，那么，成功的可能性是负两百八，准不准？你就说准不准！"

刘十三琢磨过来："好像有点道理，可是有什么用，谁都知道我不会买。"

程霜无比得意："重点来了，七月份由球球和外婆提供资料，我梳理总结，得出全镇人民的大数据。"

厚厚一沓打印纸"咚"地砸在桌面："每个人的资料都被我代入表格，得出成功率，你自己看看。"

刘十三看着密密麻麻的资料，倒吸一口冷气："都是你自己做的？"

程霜和球球一块儿叉着腰，嚣张地大笑："哇哈哈哈哈，对的！"

翻阅起来，看得刘十三心惊肉跳，跟特务内部档案没啥区别。

蔡元，年龄四十八，男，机械厂员工，年收入八万，家庭成员八人，爱好赌博，喝酒，健康状况不明，常咳嗽。成功率，百分之四十，优先推荐健康人寿险。

刘霁，年龄六十二，女，农民，年收入五万，家庭成员七人，性格暴躁，节俭，肝炎，腰椎间盘突出。成功率，百分之五十，优先推荐健康人寿险。

王立德，年龄二十七，男，茶园技术工，年收入十四万，家庭成员五人，爱好网络游戏，旅游，身体健康，出过车祸，腿部骨折。成功率，百分之七十，优先推荐意外伤害险。

每个人的资料详尽具体，细数下来足足几百号。

让刘十三惊叹的，不仅是程霜花了多长时间耐心统计，更可怕的是王莺莺和球球的大脑八卦容量。

翻了半晌，回头一望，程霜和球球都趴在桌上睡着了。桃树摇动一片荫，云彩的影子在院里浮动，两人睡得吧唧嘴。

不忍心吵醒她俩，刘十三翻到整本资料首页，成功性排名第一，毛婷婷。

毛婷婷，年龄四十，女，未婚，个体户，年收入三万到十万不等，父母意外去世。弟弟毛志杰，嗜赌嗜酒，人渣一个，生活来源基本靠毛婷婷救济。毛婷婷人际关系单纯，善良温和，无不良爱好。

成功率，百分之九十。

百分之九十的成功率，说明不需要经过劝的过程，保单递给毛婷婷，她看两眼就会买。跟毛婷婷新旧都有交情，这个任务，刘十三觉得他单枪匹马就能完成。

他兴冲冲地独自出发，没注意这页纸反面，有手写的一行字："补充资料，职业特殊，可能性上下浮动百分之九十。"

2 /

婷婷美发店和顶潮成衣店一墙之隔，陈裁缝午后休息，吹着空调听戏。他看刘十三站在美发店门口半天，溜达过去一瞧，发现刘十三把脸贴在美发店窗户上奋力偷窥。

陈裁缝热心地介绍："这个店早关门啦，不做了。"

刘十三一愣："毛婷婷不剪头发啊？"

陈裁缝说："几年前胳膊断了，去医院，骨头没接好，剪不了头发。"

刘十三心头浮起不好的预感："那她现在做什么？"

陈裁缝说："哭丧。"

刘十三心里一咯噔，问："职业哭丧？"

陈裁缝点点头，抬表看看时间："这个点，估计她还在韩家。韩家大伯没了，她要哭三天的。哦，你们年轻人不晓得，我们老一辈有人过世，除了请和尚道士，还要请乐队和哭丧的，有条件的还能请来歌星。"

完蛋，毛婷婷居然改行，从个体户变成民间艺人，不知道她的收入水平能不能保住。他提心吊胆地问："哭丧很赚钱吗？"

陈裁缝变出个茶缸，喝一口："一天好像一百五吧，从头哭到尾，累。县里用不上，附近几个镇，又不是天天死人。唉，肯定没剪头发安逸。"

3

午后行人少，刘十三强打精神，了解更多客户现状，突然陈裁缝闪进自家店内，好心提醒他："你要不要进来躲躲？"

刘十三转身看见毛志杰握着根撬棍，拖辆板车，杀气腾腾走来。他赶紧跟着闪进成衣店，和陈裁缝一起往外探着脑袋观察。

毛志杰奔到美发店，三两下撬开锁，踹门就进。

刘十三发怵："什么情况？"

陈裁缝一本正经道："一起典型的家庭纠纷，唉，我去给老韩家打个电话，让毛婷婷赶紧回来。"

刘十三满头雾水，美发店里乒乒乓乓地响，接着毛志杰骂骂咧咧出门，把屋子里的一个五斗橱搬到板车上。

隔着几米远的距离，能听见毛志杰嘴里冒着"赔钱货""穷死鬼"之类的污言秽语。搬完五斗橱，毛志杰抢起撬棍，又进去了。没几秒，隔壁砰一声，似乎放了个爆竹。刘十三吓一跳，陈裁缝猫着腰回来，晃晃手机："没人接，作孽啊，亲姐弟搞成这样。四五月份毛志杰跑过来要钱赌博，毛婷婷不给，被他一巴掌扇到地上，幸亏她手撑了下，不然头都要撞破的。"

他的叙述简单清楚，刘十三越发觉得不能蹚这摊浑水，正要找借口溜走，陈裁缝眼睛一亮："毛婷婷来了。"

毛婷婷披麻戴孝，骑着电动车就喊："毛志杰，你干什么！"

毛志杰拎着撬棍，说："找不到钱，搬个橱也好。"

毛婷婷把车停好，平静地说："这橱刚打好，本来就是留给你的。"

毛志杰冷笑："你装什么啊，我要的是房子，爸妈留下来的房子，凭什么只给你用。"

毛婷婷说："爸妈就这套房子，我怕被你赌没了。"

毛志杰扬起棍子，毛婷婷用胳膊挡在头顶，棍子没砸下来，毛志杰推了她一把："滚，别挡路。"

毛志杰拖着板车走了，毛婷婷望着他背影发呆。刘十三思索一会儿，上去说："婷婷姐，这种意外的财产损失，其实有办法可以解决。"

毛婷婷随口说："什么办法？"她直接往美发店里走，似乎用手背擦了擦眼泪，刘十三和好奇的陈裁缝一起跟进去。

三人踏进店门，满地水银色碎片，中间还夹杂着断裂的灯管。刚刚那声炸响，是毛志杰打碎日光灯发出来的。

柜子椅子桌子东倒西歪，毛婷婷面无表情，一件件扶起来。

墙边搁了把扫帚，刘十三拿起来，默默扫着玻璃碎片，不知从何推销起。

　　陈裁缝帮忙扶家具，劝说毛婷婷："你们姐弟俩啊，要在镇上过一辈子的，难道打一辈子，打死一个才算？想想办法吧，唉，也没什么办法。这房子不能给他的，一给，就没了。索性吧，咬咬牙，报警，毛志杰抓起来一两年，出来说不定就好了……"

　　毛婷婷感激地冲陈裁缝笑笑，想起来还有刘十三，扭头问："十三你找我吗？不好意思啊让你看笑话，刚刚你说什么？"

　　刘十三有点尴尬，接不下去，职业精神撑着他说："最近我回老家，卖保险，就想问问你有没有兴趣……"

　　他说得艰难，毛婷婷却认真地回答："保险？我一直想买的。"

　　刘十三以为自己听错了，眼睛发光，心跳加速。

　　毛婷婷放下手中活，说："谢谢你啊老陈，我要去韩家，回来再收拾。"她又对刘十三说："这会儿不方便，明天行吗？"

　　刘十三拿出追逐梦想的劲头，扑到她身旁，热情地说："不就去韩家吗，有什么不方便，你哭你的丧，我在一边给你解释。"

4

　　刘十三小时候常玩一个游戏，坐在沙坑，用半块磁铁划拉。上层沙子晒得发热松散，深处沙子则潮湿沉重。磁铁在沙中来回数趟，拿出来表面就裹了一层细细的铁粉。

刘十三撸下铁粉，放进袋子，攒两个学期，也卖不到一块钱。

毛婷婷像人中磁铁，随便活活就能吸来无数细碎的麻烦事。父母双亡，亲弟反目，每天电动车都出故障……哭丧对她来说，不光赚钱，还能发泄心情。

刘十三怀抱保险单，呆呆望着毛婷婷，她正在上班，扒着别人的棺木号啕大哭。

毛婷婷边哭边喊："你不要走！你要走，带上孝子贤孙一起走！"

刘十三看看现场其他亲属，想必死者走得安详，老年人寒暄喝茶，年纪轻的聚在一起组团开黑，全场只有毛婷婷这个不相干的人撕心裂肺。

刘十三心说，再等一会儿，毛婷婷现在发挥不错，眼泪已经流到脖子里，还哭出了小舌音："你不要走！你不要走啊啦啊啦啊啦！"她很敬业，很动情，哭得满脸通红，还念起了诗："四张机，鸳鸯织就欲双飞。"

后来毛婷婷跟他解释，为了入戏，她往往参考很多电视剧里的画面。比如看死者遗像，长得像周伯通，她就想象自己是傻姑，在棺材前恢复了神志，念起桃花林一起练武的岁月，加上周伯通的后人都变成农民，悲从中来。

刘十三惊奇，问："这么麻烦，你想想自己不就够惨了？"

毛婷婷叹气："以前想想自己的人生还能哭，后来只能冷笑。有次去客户家哭丧，哭着哭着冷笑起来，他们以为我鬼上身，让道士泼我鸡血。"

　　毛婷婷一时半会儿结束不了，刘十三决定等。他喝葬礼上的赤豆汤，喝花生茶，喝红糖煮蛋，喝到死者家属问他名字，毛婷婷还没有停止哭泣。

　　死者家属问："舅家的吗？你的礼金呢？"

　　刘十三心想不妙，倘若承认自己是亲戚，必须给礼金；倘若不承认，就是打秋风。

　　混宴席有讲究的，婚宴生日宴升学宴，主人家高兴，不赶你，还送喜糖。但葬礼也混的话，那跟盗墓贼差不多，下三烂，吃的死人饭。

　　刘十三不想做下三烂，又没礼金，眼看即将身败名裂，毛婷婷过来拯救了他。

　　毛婷婷解释说："这我同事。"停顿一下，补一句："不要钱，实习的。"

　　说完拉着刘十三到棺材前，喝道："跪下。"

　　扑通，刘十三跪得毫无廉耻，在哭丧这行算得上天赋异禀。

5

　　哀乐洪亮，两人并肩而跪，毛婷婷说："真的不方便。"

刘十三说："没事，我带着材料，慢慢解释。"

哭声停止了，监工的老道士不满地看过来，刘十三心领神会，干号起来，可他光哭不念，显得十分业余，毛婷婷赶紧哭喊："跟我学。韩牛大伯啊！"

刘十三也喊："韩牛大伯啊！"

毛婷婷喊："好不容易啊！"

刘十三也喊："好不容易啊！"

毛婷婷见旁人转移注意力，小声对刘十三说："我太忙了。"

刘十三大喊："我太忙了！"

毛婷婷心中一突，差点摔倒，幸亏老道士耳朵不灵光，并没指责，她赶紧说："今天没空，明天再说。"

刘十三心想，今天你干活，明天干完活去毛志杰那儿挨揍，行程紧凑，肯定没空，赶紧说："婷婷姐，没时间看材料，我说给你听，两句话的事。"

毛婷婷起个高调，哭腔最高亢处气息一断，十分有技巧，咿咿呀呀地喊："韩牛大伯啊，你有什么话，尽管跟我说。"

刘十三哭丧着脸，抽泣地说："我整理好资料，发现你没结婚，生育险不合适。养老跟伤害险呢，简直为你量身定做的。你想，三天两头被打，打出个三长两短，能领多少保金……"

老道士咳嗽一声，刘十三只好先停下，干号几声，毛婷婷提点说："眼泪，要挤点。"

流泪对刘十三来说，与生俱来，并不困难，然而周围闹哄哄的，老道长念念有词画符，他发挥不出实力。

刘十三踌躇，问："你身上带风油精、辣椒油什么的了吗？"

毛婷婷说她不需要，传授了些入戏理论，鼓励他："你就想象下最惨的事情，加油。"

刘十三立刻想到牡丹。他努力回想，牡丹跟她男友撑着一把伞的场景，遭遇的每一句羞辱，奇怪的是，内心酸酸胀胀，一滴眼泪没掉下来。

他的眼泪好像在考场那天全部流光，悲伤干涸成黑夜的形状。他能走回无边无际的黑夜，高铁飞驰，大雪纷扬，高一脚低一脚，脚印渗透着过去的泪水，但他现在一滴都没有。

考场那天，悲伤到极点，夜凝固了，他拼死拼活，想抓住一缕光。

从此以后，卑微刻苦，但是不想哭。

6 /

葬礼最后一环，上山挂灯。

老道长带齐家当，跟小徒弟摇着红幡铃铛走在最前。死者家属披麻戴孝，列成整齐的长队跟随。人们挎着装满纸钱的篮子，另一只手提一盏灯笼。

毛婷婷和刘十三走在末尾，这时哭声不用太大，意思意思即可，走到小镇上山的路口，工作基本结束。

毛婷婷嗓子嘶哑，仰头滴眼药水。刘十三状态正勇，说："婷婷姐，你老哭老哭，对眼睛不好。医疗险有一条专门说这个，视网膜哭到脱落，给你补，多么全面周到。"

毛婷婷认真地问："我听不懂，问你一句，有没有什么保险，保证一个人不去赌博。"

刘十三龇牙咧嘴，脑仁疼。

毛婷婷不等解释，摇头说："肯定没有，没有的话，没法彻底帮我。算了，你这些意外险、医疗险、理财啊什么的，我全买。如果啊，你们公司赔我钱了，这些钱给谁？"

刘十三不吭声，心想八成是毛志杰啊。

毛婷婷说："给我弟弟。可他不戒赌，钱也全流到牌桌上。"她说得平静，哭肿的眼睛里，深深藏着悲伤。

刘十三顽强地说："婷婷姐，别这么悲观。退一万步，你看，哪怕最后损失了金钱，也许，或者，可能，你会收获弟弟的亲情。"

这种话也说得出来，可能就是保险员的敬业吧。

毛婷婷笑笑，不知被刘十三的执着打动，还是真这么想："行，那我买几份，受益人毛志杰。"

刘十三屁颠颠掏保单，考虑到毛婷婷碍于他面子买的，不好意思挣太多，只拿出基本的医疗和意外险，乐呵呵地说："先签名，后面的我帮你办。"

意外的是，毛婷婷说："刚刚不是说，还有理财和投资吗，都拿来。"

刘十三不解，毛婷婷沉默半晌，说："能给的都给他，希望他不要再怪我。"

一沓保险单签名完毕，接下来再让毛志杰签名，刘十三就成功完成一笔大单。照理说，应该高兴，刘十三却觉得胸闷。

毛婷婷签单的过程中，仔细询问毛志杰得到的收益，丝毫没问有关自己的问题。

7

上山路口，人群嘈杂，程霜牵着球球的小手，迎面碰到刘十三，她一把揪住刘十三的衣领："为什么不带上我？是不是怕给我分红？要不是陈裁缝嘴巴大，我还找不到你，忘恩负义的白眼狼。"

刘十三说："葬礼不适合美女。"

程霜立刻非常满意。

刘十三说："对了，保单毛婷婷签了。"

程霜兴奋："恭喜！看你黑着脸出来，还以为黄了。哎，你不高兴啊？"

刘十三闷闷地说："受益人毛志杰。连理财盈余的账户都是他的。"刘十三突然想起，毛婷婷说不清楚毛志杰的具体账户，明天得去问一趟。

程霜听了一撇嘴，转移话题问："他们在做什么？"

老道长画好符，点火，引燃一根火把，再用火把引燃死者长子的灯笼，其他亲戚跟着点着灯笼。没过多久，长长一排队伍的人，身侧都发出幽红的火光。

这是云边镇的习俗，程霜没见过。刘十三解释："我们镇传说，人刚死，会在天上晃。魂魄回家的话，容易走错路，在大山迷失，成为孤魂野鬼。所以我们云边镇的葬礼，家属和帮忙的乡亲，要沿着山路挂灯笼，一直挂到山顶，魂魄就不会迷路，找到回家的方向。"

程霜听得入神，望着那些披麻戴孝的老老少少身影，在灯笼的火光里摇曳，黑暗中一点一点的光，逐渐蜿蜒向上，密林中亮起一条灯笼做的小路。

夏日八月的大山，起了夜雾，时浓时淡，那条像火焰组成的项链，时明时暗。

刘十三说："韩家子孙多，挂得快，手脚利索的话，不用到半夜，山上就会挂满灯笼。"

一阵雾气飘动，球球的声音有点颤抖："那如果……如果没点灯笼，魂魄能回来吗？"

刘十三打算作弄她，说回不来，谁也找不到，谁也不记得。没说出口，他的心也开始颤抖，想了想说："其实呢，对死去的人来说，每个在世上活着的重要的人，都是他们灵魂最亮的灯笼。他们总会放心不下，永远都在寻找，一定能回来。"

球球抽抽鼻子："那就好。"

程霜掰着手指说："我刚刚数了数，对我重要的人太多了，那我死后，灵魂岂不是每天都在跑马拉松。"她眼睛一亮："你们以后多去点有趣的地方，这样我的灵魂跟着你们，相当于环游世界。"

球球和她一起笑，刘十三望着程霜，想起一张张病危通知书，心里说不出来地慌。

一个老汉拿着手电筒，冲他们喊："闲着干什么，起雾了，别让大家伙走散，拿手电筒，上山接应。"

球球起劲了，说："我们也去看灯笼。"

8

三人跟着上山，头顶灯笼点点，像一溜萤火虫。脚下手电筒白光交织，像一片小小的蛛网，往山上罩去。

程霜觉得新鲜，灯笼顶端一根细细铁丝，绞在树枝上挂着。有几盏燃烧殆尽，手电筒一照，细灰飞舞，在八月的一个角落下起黑灰色的雪。

刘十三说："别看了，走吧。"

三人一路小跑，发现队伍停在山腰，挂灯的，会合的，吵吵嚷嚷，情绪激动。

程霜问："怎么啦？"

刘十三抻抻脖子，人头攒动，看不清楚，说："你们等等，我去看看。"

他挤到前头，人群中间几个民警张开双臂，拦住挂灯笼的。领头的民警他居然认识，新来云边镇的，带球球去派出所时接待他们的闫小文。

当初刘十三就觉得，这位民警很爱发表个人意见，此刻他果然在演讲。

"各位乡亲，我已经把话都说得很清楚了！上级通知督促我们，一定一定要防止山火！大家心里也有数，因为咱们落后的习俗，这座山被烧了几次？"

一位死者家属高声回答："三次！"

群众哄然大笑，显然不把年轻警官放在眼里。

带刘十三上山的老汉扯嗓子喊："小闫啊，你不懂云边镇的风俗，去问问所里的程队，这么多年，他管过这个事情没有！"

闫警官绷住脸："对，他没有管，结果呢，上次山火造成林木损失十公亩，镇民两人受伤！实话告诉你们，老程监管不力，要被撤职了！"

群众一片哗然，闫警官又说："好话不听，行，干活！"

几个年轻民警摘下树上的灯笼，用嘴吹，吹不灭，只好放地上踩。一声怒吼，浑身素白、头顶麻布的死者长子冲出来："给我爹挂的灯笼，你们再动一个试试！"

闫小文按住枪套，跟电影里一样，喊："退后，退后，不然告你袭警!"

刘十三一看不好,真打起来会出大事,赶紧拉住他:"闫警官,你听我一句。"

闫小文瞥一眼说:"是你?还跟老婆吵架吗?"

这话说的,没见着群情激愤吗,刘十三都想一走了之,让他自生自灭算了。不行,在场只有他能站出来制止冲突,读过大学的,乡亲们会给点面子。

他劝闫小文:"闫警官,如果你一定要干这个勾当,你等他们下山了,偷偷来执法也可以的。我们云边镇啊,人单拎出来,尿头奔脑,人一多就无法无天,你犯不着啊!"

刘十三说得贴心动情,老汉见他们嘀嘀咕咕,不满了:"谁家的小子,跟他们一伙吗?"

刘十三蹿到老头那头,一口家乡话:"阿伯,我是王莺莺外孙,最近刚回来。我跟他商量呢,外地人不懂事,现在已经怕了。我们别把事情搞大,进局子不光彩,您说对不?"

闫警官不吭声,老汉不吭声,只剩韩家长子。刘十三面上有光,觉得自己连横合纵,马上将要一统战国。

他蹿到韩家长子那头,信心满满:"大哥……"

刚冒两个字,韩家长子拎着燃烧的火把,抡个圆,嘶声大叫:"谁动我爹的灯笼,我弄死他!"

场面顿时混乱,民警灭灯笼,家属护灯笼,帮忙的乡亲喊:"别动手别动手!"

　　火星乱溅，你推我踹，有继续上山挂的，有下山逃跑的，有跟民警纠缠的，刘十三赶紧奋力往后退，手电筒都被人打掉。

　　他跌跌撞撞，跑回原地，愣住了。

　　大概是被人群冲散，程霜和球球不知道什么时候，已经不见。

夏夜的歌声，冬至的歌声，

都从水面掠过，皱起一层波纹，

像天空坠落的泪水，又归于天空。

人们随口说的一些话，跌落墙角，

风吹不走，阳光烧不掉，独自沉眠。

Chapter

11

山中夜航船

1 /

山道纠纷高潮迭起，刘十三躲开人群，匆忙掏出手机，信号空格。他左右看看，着急了，半夜把人弄丢山里没法交代，一咬牙，挽起裤管，选了棵最粗壮挺直的树往上爬。

爬到一大半，手机响，连续来了两条短信。

"您好，截至 8 月 9 日 21 时，您的话费余额已不足 20 元，请尽快充值。"

"您好，截至 8 月 9 日 21 时，您的话费余额已不足 10 元，请尽快充值。"

信号多了两格，说不定下一秒就停机，他赶紧打给程霜。电话接通，他还没开口，对面劈头盖脸一顿责备。

"你跑哪儿去了？这么久不回来？我跟球球差点被人推倒！"

"啊？"

"啊什么啊，男人不保护自己的妻女，跑去看什么打架？我怎么瞎了眼看上你这种男人！"

刘十三好气，她讲不讲理的，可惜要停机了，不然真的跟她对骂到天亮。他愤怒地说："喂！"

"怎么样？"

刘十三斩钉截铁："对不起。"

听到突如其来的道歉，程霜声音透露着舒爽："快来，我在球球家。"

"所以球球家在哪里？"

"水库边，水库你认识吧？哎，东南西北我分不清，月亮左边吧……这儿两轮月亮，天上一个，水中一个，我们就在水中月亮的左边……"

刘十三差点从树上掉下来，克制地问："有什么特别的标志吗？"

"哦，球球说了，离老码头五十米。"

电话挂断，刘十三骑在一根枝丫上，扭头往山道岔路另一头望去。

树影之间，闪烁一块镜面。这边人声鼎沸，那边幽静安然。每棵树每缕风，抱着浅白色的月光，漫山遍野唱着小夜曲。山腰围出巨大的翡翠，水面明亮，一片一片，细细铺成纺锤体，像一支月光的沙漏。那墨墨的蓝，深夜也能看见山峰的影子，仿佛凝固了一年又一年。

刘十三小时候来过水库许多次，印象中，水库秋冬弥漫水雾，春夏明艳斑斓，白天水波娴静温柔，深不见底。它能包裹孩子仰面漂游，也藏着吃人水猴的传说。深夜去水库，连他都是第一次。

2

山坡一角贴着水库，狭窄的道旁，扎了根水泥杆，孤零零吊一盏灯泡。灯泡散淡的光线下，照着一个突兀的棚子。

几根木棍撑起塑料布，石棉瓦堆成棚顶，围着几层纸箱木板，用布条和塑料袋捆绑住，当作墙壁。

程霜和球球站在棚子前头，迎接刘十三。他呆了一下，问："球球，你住这儿？"

语气里的怀疑，其实是同情，刺痛了球球。她叉着腰，背后木门一晃一晃，神气地说："是啊，很漂亮吧！"

丁零当啷一串脆响，门头挂着风铃，是球球捡来的瓶子和易拉罐做的。刘十三咧嘴笑："漂亮的。"

小女孩认真填补了屋顶和墙面的所有空隙，她心里，这个棚子一定是亮晶晶的，发光的。

球球认为刘十三没有心悦诚服，打开破门："里面更漂亮。"

棚内亮堂堂，地面铺满泡沫板，仔细一看，分出了休息区和厨房区。一侧整齐摆着沙发垫，正好是张床的大小。一侧是不锈钢货架，架子上搁着半桶大米、调料瓶、锅碗瓢盆。

它们是球球的家具，垃圾拼凑出来，但并不肮脏，通通擦洗过。

空间不小，三个人在里面，也能转开身。球球扒拉出一块蜂窝煤，放进炉子开始烧水，动作娴熟。刘十三问："球球，你一个人住吗？"

球球摇头："我爸爸不在家。你们别站着，坐啊。"刘十三松口气，怕球球说她爸爸去世了，这样的话就要安慰她，安慰是他最不擅长的事情。

球球抽出两只扁扁的玩具熊，地上一蹾，作为暂时性的凳子，她拍拍熊脑袋："大花，小花，你们终于能为这个家做贡献了。"她丁零当啷翻架子，找到方便面。水没烧开，棚内煤烟滚滚，两人咳得天昏地暗，球球不好意思地说："平时炉子放外面，前两天受潮了。"

程霜咳着说："没事，方便面干吃也行。"

球球噘着嘴，他们第一次到家里来，她不想简陋招待："走，我有办法，带你们去个好地方。"

3

刘十三怀中抱着一堆杂货，洋葱方便面香菜鸡蛋，球球拾掇出来的。三人一起走不远，到了水库边，球球扫开长长的枯干芦苇，竟露出一艘小破船。

这样的船，刘十三并不陌生。水库是镇民夏天最爱去的地方，妇女孩子拖个澡盆下水摸菱角，男人撒开渔网，拉动船尾小马达，突突突的，一会儿便收获一大网肥鱼。慢慢地，水库禁止养殖鱼苗，初中以后再见不到这种景象。

球球给他们看的小船十分陈旧，船体边缘磨白，脆裂开口，马达盖着草席，掀开黑黢黢的，似乎还能用。马达旁放着柴油桶和钓竿，船中间立一只小小的酒精炉。可以想象，如果天气晴朗，球球一丁点大的身子，斜靠船沿，手握钓竿，钓到点什么就投到炉子里，自由自在，可惜不顶饱。

　　球球跳到船上，开动马达。兴奋的程霜蹦到船头，小船立刻剧烈波动，球球一屁股坐在尾部，死死压住，船尾依然高高翘起。

　　程霜站不稳，刘十三喊："滚！往后面滚！"

　　程霜往船尾努力匍匐，船身恢复平衡，三人围着酒精炉坐好。

　　月光洗干净了一切，深夜的山腰又亮又清澈。水面平静，马达奋力振作，两道水纹在船边向后划去。水库冷清多年，水草摇动，里面小鱼小虾悄悄活动，气泡不时冒出，静静碎裂。

　　这是最动人的夏夜，谁也不想说话。水在锅中满上，酒精炉蓝色的火焰舔着锅底，气罐哗哗作响。

　　以前一旦场合沉寂，刘十三都试图说些什么，他怕冷场，尽管结果常常更尴尬。现在却很奇怪，他、球球、程霜，各靠一边，围住火炉，一声不吭，但他们的表情那么松弛悠闲。刘十三发觉，人和人之间舒服的关系，是可以一直不说话，也可以随时说话。

　　他的脑海像挣扎过的水面，许许多多的回忆，思虑如同波纹，缓缓扩散，最终消失，留下平如空白的思绪，只剩轻轻的一声：真好啊。

　　"呀！"程霜说，"那是不是射手座？"

　　刘十三仰头望星空，歪歪头："我不懂星座。"

　　程霜由衷感慨："你少了好多跟女孩搭讪的机会，虽然星座幼稚，可人与人的相处，就从废话开始。"

刘十三不以为然，她大方地伸出手："没关系，我搭讪你吧。你好，我叫程霜，一月三十，水瓶座。"

刘十三猝不及防，迅速握下手："刘十三，六月末，好像属于巨蟹座。"

程霜像煞有介事地分析："巨蟹座的男人，乍看顾家老实，对女朋友温柔体贴，其实内心特别封闭。"

"封闭？这么严重？"

程霜确认地点头："他们关心别人的情绪，自己的心事却藏得很深，不对人倾诉。哎，你是不是这样？"

刘十三回过味了，女孩子真是可怕的生物，拐弯抹角地八卦，幸亏他机警，否则一不留心落入圈套。

他琢磨着怎么回话，球球紧盯着锅中的水，看到有点沸腾，吼巴巴撕开方便面袋子，放下面饼、调料，磕鸡蛋，百忙中插话："我呢我呢？我春天出生的，什么星座？"

程霜问："你生日几月几号？"

球球撇撇嘴："爸爸没跟我说过。"

程霜摸摸她脑袋："春天啊，看你这么贪吃，金牛吧？"

球球瞪大眼睛："不是的！我吃很少！等我想想，我记得是农历四月……"

小家伙冥思苦想，刘十三抢先提问："你先讲讲，你有什么心事？"

程霜靠着船舷，出神地仰望星空，月光洒满脸庞，头发在洁白的耳边拂过。"我的心事啊，最近的话，可能快回家了。"

"你家在哪里？"

"新加坡。"

刘十三坐直了，惊奇地问："你是外国人啊？"

程霜闭上眼睛，风和月光包裹着她，声音轻柔："爸妈说，那里一家医院的院长，是他们的大学同学，所以搬过去。后来我就从家到医院，从医院到家，很少去别的地方。"

她闭着眼睛微笑："我离开过三次，这是第三次，他们催我回家。"

刘十三呆呆望着她，心里突然失落。那个童年时相遇的小女孩，曾经坐在他自行车后，小小的脸贴在后背，哭得稀里哗啦，说自己快要死了。

他们都长大了，小女孩不哭了，可是，她依然是那片夜色中的萤火虫，飞来飞去，忽明忽暗，不知道什么时候，就永远看不见了，消失在黑夜里。

风吹散的芦苇花，漂浮水面，一蓬蓬地流过来，像开放的水母。

程霜唰地睁开眼，惊喜地举起手，握着一瓶落灰的白酒："谁留船上的？"她用衣摆擦擦，眉开眼笑："来来，我们玩游戏。"

球球兴致勃勃："什么游戏，我也要玩。"

程霜指指酒精炉："小孩不能玩，做饭。"

球球"哦"了声，委屈地搅拌面条。

不等刘十三答应，程霜说："真心话大冒险，猜拳定输赢，你敢不敢？"

刘十三冷笑："有什么不敢，大不了喝过期白酒，送医院抢救。"

程霜拿一次性杯子，倒上白酒，两人一饮而尽，警惕地盯着对方，大喝一声："石头剪子布！"

程霜翻翻白眼，收回拳头。摊着布的刘十三得意扬扬，骄傲地整理头发。

程霜厌恶地横他一眼，撇撇嘴："我选大冒险。说吧，让我跳水还是脱衣服。"

刘十三动作顿住，噎了下，结结巴巴地说："玩……玩……玩这么大？算……算……算了……这样，你唱个歌吧。"

程霜"切"了一声，鄙视对手："没劲。"

程霜平时说话大大咧咧，唱歌细细柔柔。她唱：

没什么可给你

但求凭这阕歌

谢谢你风雨里都不退

愿陪着我

暂别今天的你

但求凭我爱火

活在你心内

分开也像同度过

第一句开始，刘十三觉得熟悉。听着听着，在山野间的夏夜，他猛地回到了大一的冬至，全校女生都缩在蓝色塑料棚吃麻辣烫，他一眼望见牡丹。人群喧嚣中，牡丹仰着干净的脸，对着筷子上的粉条吹气。

冰凉的空气涌动，塑料棚透映暗黄的灯光，蓝天百货门外的音箱在放张国荣的歌：

　　没什么可给你

　　但求凭这阕歌

　　谢谢你风雨里都不退

　　愿陪着我

　　暂别今天的你

　　但求凭我爱火

　　活在你心内

　　分开也像同度过

夏夜的歌声，冬至的歌声，都从水面掠过，皱起一层波纹，像天空坠落的泪水，又归于天空。掌声传来，刘十三回神，球球正热烈鼓掌。程霜矜持地点头，扬扬下巴："怎么样？"

刘十三定定神，说："粤语发音挺标准啊。"

程霜得意忘形，大喝："再来！石头剪子布！"

这次刘十三输了，程霜满脸期待，他选择喝酒。

第三局，刘十三输了，他选择喝酒。

第四局，刘十三再输，看见程霜球球鄙视的眼神，心态爆炸，喊："我怕个鬼，我选大冒险！"

其实他不敢再喝，偷偷思忖，刚刚对程霜十分友好，仅仅让她唱歌，想必她投桃报李，不至于太过分。

结果程霜等这个机会太久，快乐大叫："脱裤子！"

刘十三几乎一头栽下船："有点尺度好不好！一个大姑娘，不是自己脱衣服，就叫男人脱裤子，三俗！"

程霜一挥手："要你管！"

"换一个。"

"你说换就换？一点游戏规则都不讲？"程霜有点不满，"下个你不能换了。"

"只要你不侮辱我，我都接受。"

"好，那你给牡丹打个电话。"

船上蓦然安静。

球球左右看看两人，虽然不知道牡丹是谁，但也紧张起来，似乎有不得了的事情要发生。

刘十三艰难地开口："我停机了。"

程霜递过去手机："号码你肯定记得。"

做事情真绝啊，刘十三低头看着程霜的手机，徒劳地拖延时间，终于等到球球喊："煮好啦，煮好啦。"

锅里微黄透明的面条热气腾腾扑动，散发着洋葱辣椒和鸡汤的香气。球球抬手用船桨钩过湖心的干莲枝，拗断后折成三人的筷子，递给他俩。

刘十三正气凛然，放下手机："先吃饭。"说完他捞起面条，猛吃一大口。

太烫了。

烫死我了。

不能停下来，只能靠坚强的意志力。

刘十三吃下滚烫的面条，心如死灰。

程霜喝了口酒，冷冷地说："玩不起别玩。"

刘十三莫名悲愤，这么做对她有什么好处呢？看他弱小无助的样子很下饭吗？

嘲讽的声音还在继续："想不到连打电话的勇气都没有，那你卖一千份保单有什么用，还是没胆去追回她啊。"

刘十三快被烫哭了。

他不止一次想给牡丹打电话，话到嘴边，没什么好问的。那些反复纠缠的为什么，在分手之后的几个月中渐渐消散，露出它们简单粗暴的本质。所有的为什么，答案很简单，她不爱你。剩下能说的只有，你好吗，最近怎么样，你快乐吗？

或者，你有没有偶尔想起我？

无数次拿起手机，又放下，刘十三反复思考，末了只剩一句话：我可不可以继续等你？

他确认，这是唯一要问的话了。对方给出否定回答，他的心可以安静很久。也许不是死心，像岛国无数座沉眠的火山，爱意与渴望缩进地幔下面，缓缓跳动，没有死，可也不会再折腾了。

刘十三缓缓放下筷子，握住手机，按下号码。手指不听话地颤抖，哆哆嗦嗦按了几次，总算按完。

程霜假装吃面，不敢发出咀嚼的声音，含着面条慢慢咽，跟吃药一样。

接通了，手机免提，清晰的女声："您好，您拨打的号码是空号，请您查证后再拨。"刘十三大惊失色，反复确认，号码并未背错，脑海中的字条无比清晰，数字个个都对，再拨一遍。

"您好，您拨打的号码是空号，请您查证后再拨。"

刘十三傻眼了。程霜见没戏唱，不再假装吃面，而是真的吃面，吃得呼噜呼噜，边吃边热情猜测："两种可能，一、她注销了号码。二、给你的是假号码。"

"不可能。"刘十三喃喃自语。

程霜放下筷子，满足地说："事到如今，你还有一个办法。"

刘十三失魂落魄："什么办法？"

程霜双手往后脑一枕，舒适地靠着船舷，半躺，笑嘻嘻地说："再找一个啊。"

刘十三下意识地刚要说，到哪里去找，话咽了回去。望着面前美丽的女孩，微微扬起的嘴角，跷着个二郎腿，他怔怔地想起，收到过两张字条。

它们夹在笔记本最后的空白页，像夹在时光的罅隙，人们随口说的一些话，跌落墙角，风吹不走，阳光烧不掉，独自沉眠。

十几年前的一张写着：

喂！

我开学了。

要是我能活下去，就做你女朋友。

够义气吧？

两年前的一张写着：

喂！

这次不算。

要是我还能活着，活到再见面，上次说的才算。

她活下来了。

刘十三无法得知，活着对她来说，有多艰难。从七月云边镇再见面，关于这两张字条，两人有默契地从来不提。刘十三偶尔想起，那程霜呢，她是否偶尔也会想起自己开过的玩笑？

两张字条平躺页面之间，和刘十三千千万万的人生目标一起，穿越晨光暮色，没有一个字丢失。

今天走神太多次了。刘十三半天不作声，程霜莫名其妙怒气勃发，把酒瓶一蹾："继续，不信弄不死你。"

刘十三彻底丧失气势，颤颤巍巍出剪刀，怯怯地递出去，程霜的拳头已经怼到鼻子底下，干净利落，赢了。

刘十三硬着头皮："我选真心话。"

程霜冷笑一声："好，做女朋友的话，我跟牡丹，你选谁？"

这个问题如晴天霹雳，炸得刘十三魂飞魄散。毫无逻辑，不可理喻。她今晚怎么了，也没喝多少啊，趁着月黑风高，咄咄逼人，杀人不见血。

刘十三老实回答："牡丹。"

程霜眉毛倒竖，气得点头，小脑袋一下一下点着："继续，石头剪刀布！"

刘十三的布迎来杀气腾腾的剪刀。

程霜一脚踏上船舷，居高临下，威风凛凛指着他："第二个问题，做女朋友的话，我跟牡丹，你选谁？"

刘十三眼睛一闭："牡丹。"

程霜牙齿咬得咯吱响，捏起了指关节。

"糟了！"球球叫起来。

刘十三心想，小孩子真迟钝，船上要发生殴打事件，当然糟了。

球球紧接着又喊："扎心了老铁，船漏水了！"

刘十三低头一看，鞋子湿透，船果然在漏水，之前还以为是自己的冷汗。他本能地跳起来，脱下短袖去堵缺口，程霜一脚把他踹开："漏就漏，现在你回答我第三个问题，要是答错了，就跟船一起沉下去吧！"

刘十三不敢置信，满脸震惊地看着程霜。程霜怒目相对，气得胸口起伏不定。两人情绪都很激烈，球球也在激烈地捞面。

都这时候了，她还捞什么面。刘十三绝望地想。

球球捞起面，递给程霜。程霜一边瞪他，一边吃面，而船在汩汩漏水，快漫到脚脖子了。

刘十三认命地说："你问你问。"

程霜冷冷地说："第三个问题，做女朋友的话，我跟牡丹，你选谁？"问完吃了口面，警告地斜眼看他，补了句："说过了，答错了，你就跟船一起沉下去吧。"

刘十三看着脚下的水，缺口咕嘟嘟冒泡泡，几乎要成喷泉，小船下沉的趋势越来越明显。他还有空想到一个问题，如果小船装满了水，月亮也会倒映在里面吗？

水终于漫过脚脖子，程霜悠悠叹了口气，说："算了，不逼你，你选我，我也没什么自豪的。拉倒，呸，吃面吧。"

刘十三缩缩脖子，忍不住小声问："水漏成这样，估计船快沉了，还吃面？"

程霜和球球不屑地丢他一个白眼，说："大不了游回去，你激动什么？"

刘十三沉默一会儿，缓缓说："我不会游泳。"

十秒钟后，小船开足马力，疯狂向水岸冲去。遗憾的是，露出水面的船体越冲越低，伴随马达声，还有刘十三的哀号，和程霜母女无力的安慰。

"救命啊！"

"爸爸别怕，船上有救生圈。"

"球球，救生圈好像是破的，只有半个。"

"哦，妈妈那怎么办？"

"刘十三，我现在教你蛙泳，你学得会吗？"

我找啊找啊，

找到最完美的妈妈。

她唯一的缺点，

就是不在我身边。

Chapter

12

云下丢失的人，

月下团圆的饭

1

　　八月照样过得很快。球球跟着程霜，学会拼音，歪歪扭扭能写下刘十三的名字。天气闷热，她的棚子临水，稍微好些，但晚上蚊虫飞舞，让她搬出来住进小院，她不答应，因为要照顾父亲。她捣鼓着旧蚊帐，做成门帘，拔菖蒲熏蚊子，好几天没出现。

　　县城的经济开发区往山这边延伸，十几公里外工地密布，一栋一栋楼房竖立，镇上许多人家组团去查看，听说买房的不少。涉及房价的话题，街头巷尾逐渐多起来。

　　刘十三没闲着，早饭后挨家挨户拜访。起初他非常急迫，一看对方没有投保的意思，立即打算告辞，却被摁在板凳上唠嗑，聊着聊着聊出兴致，每天喝一肚子茶。月底一统计，落听二三十单，收获不小。

　　他惦记着找毛志杰签字，又厌烦那个暴力分子，搞得心烦意乱。纠结一阵，下定决心，这天风和日丽，他吃饱喝足，对着一朵闭合的牵牛花叹气："看来我不得不去了。"

　　牵牛花无话可说，刘十三咬咬牙，沉重地迈出家门。

2

月底，补习班结束了，临近开学，程霜闲得慌。她溜达进院子，王莺莺拖出齐腰高的柳筐，示意她赶紧过来。

程霜掏出马克笔，问："十三呢？"

王莺莺说："谈业务去了。来，帮婆婆一个忙。"

程霜举着马克笔说："笔都带来了，外婆你要写什么？"

王莺莺说："这两天琢磨，小卖部搞点优惠活动，得写个告示。我不识字，靠你了。喏，在这上面写，字大点，就写……从今天起，购买刘十三保险的人，小卖部通通打折。买一份保险九折，两份八折，超过五份，全部六折包免费送货上门。就这样。"

程霜大惊小怪："外婆，活动力度有点大啊，这不亏本吗？"

王莺莺满不在乎地摇头："不要紧，产业小有小的好处，既没有发财的指望，破产的损失也很有限。别紧张，按我说的写。对了，帮我改改，写得有文化点。"

泡沫板两米乘以一米的面积，程霜吭哧吭哧写完，擦擦汗，退后两步审视自己的作品。程霜字迹端正娟秀，疏密均匀，仔细描了空心体，往门口一摆，还算美观。

王莺莺叼着烟，由衷地赞美："写得跟画似的，真漂亮。"

程霜投桃报李："还是外婆你精神伟大，勇于牺牲。"

一老一少看着刚出炉的海报，互相吹捧，小路传来大喇叭播放的音乐，歌声越来越近，伴随着吆喝的声音：

"爱情三十六计，要随时保持美丽。"

"旺发超市开业一周年大酬宾！"

"就像一场游戏，要自己掌握遥控器。"

"会员大派送，全场特价商品等你抢！"

王莺莺咕哝了句，什么鬼东西。一辆面包车停下，后头跟着几辆摩托，七八个超市员工往墙上贴传单。

面包车副驾驶门打开，蹦下一个富态的老太太，白白胖胖，头发烫卷染黑，颠颠走进小卖部，递过两张传单："王莺莺啊，闲着呢？我们超市做活动，你瞅瞅，看中的给你搞员工价。"

王莺莺拍拍围裙，面无表情，转身去整理货架。

程霜接了传单，红底黄字，印着卫生纸、食用油一溜商品的照片，排版正式。她不由得喃喃自语："对呀，我们怎么没想到还有打印店呢？"

王莺莺悠悠地丢话："拉倒吧，我什么都有，用得着去你那儿买？口气别太大，管个面点部，搞得跟超市老板娘一样。哎，要我说，自己开店舒服踏实，给别人打工还要看脸色吃饭。"话到一半，她嚓地点着根烟，云淡风轻地说："没什么意思。"

胖老太抽回宣传单，给自己扇风："有些人的脾气大，打工也没人要，对吧小姑娘？"

程霜内心冷冷一笑，这老太太情商不高，也不看看她是谁的人，旗帜鲜明地亮出立场："有本事的人当然有脾气，没本事的人才没脾气。"

王莺莺精神抖擞，烟头似乎都亮了一亮，她赞许地看了看程霜，对老太说："小年轻多懂事，你老糊涂了，好好的馒头铺不开，连工人带方子卖给超市，很光荣？"

老太脸一红，动作频率变快，挥着手喷口水："王莺莺，跟你好好说话是不行的，你一定要张嘴咬人，那别怪我放话。什么时代了，小铺子小店面能活多久？打开你的狗眼，云边镇才多大，好多多、联合、丰达，这边超市，那边卖场，开了七八个。再看看你，一天几个客人上门？"

听到连珠炮似的发问，一般人会陷入沉思。王莺莺吐个烟圈："就算没有生意，我也开着，为什么呢，因为我要开着气死你。"

胖老太果然被气到，哼唧哼唧，说："哟哟哟，看你能撑多久。"讲完这句毫无气势的话，老太爬上面包车，在音乐声中走了。

程霜好奇地问："谁呀，那么不客气，像个挑事儿的。"

王莺莺摇了摇头："年轻时候的小姐妹，以前说，女性要自强，顶半边天。年纪大了，改口了，说这一代人不行，镇子小，耽误她了。管不了，别理她。"她脱下套袖，吹了口气，淡青色烟雾笔直冲出，消散，像若无其事吹掉了往昔。

程霜心想，好拉风的老太太。

两人正要进门，超市车队已经拐弯，音乐声渐弱，一个小伙子脱离车队，噌噌跑回。他十七八岁，白衬衣，瘦瘦的，跑到王莺莺面前，涨红了脸，低头小声说："阿婆您别生气，我奶奶就这样，您别跟她计较，我帮她赔不是。"

王莺莺笑了，吧嗒着烟头："咳，臭小子，读书读傻了？先骂人的是我，要不要我道歉呀？"

小伙子嘿嘿挠着头，跟着笑："知道您老人家肚量大，那行，我回去了，司机师傅还等着。"

王莺莺叫住他："等一下。"

"什么事阿婆？"

"高考成绩下来没？"

"我明年才高考呢。"

王莺莺有点怅然："哦，都记岔了，明年才考啊，你等我下。"她转身进屋，提两袋东西过来。"晒好的木耳和枸杞，你读书费眼睛，枸杞白天吃，木耳晚上炒着吃，干净的，不用洗直接泡。"

小伙子脸更红了："谢谢阿婆，不用……"

王莺莺硬塞到他手里："贵的我送不起，好好念书，别有压力，不用非得什么清华北大，人怎么过，不都是一辈子。拿上，赶紧回去。"

少年怕同伴等急，推两下还是拿了，鞠了个躬："谢谢阿婆，再见。"

3

咚，王莺莺一刀剁开一只板鸭，程霜眼珠滴溜溜转，说："外婆，你都送他木耳枸杞，我跟你这么熟，你有啥好东西送我？"

王莺莺打开冰箱门，取下一个陶瓷缸，打开盖子，下层晶莹的米粒严严实实，上层漂着酒香扑鼻的糖水，闻着都甜。

程霜眼睛发光："酒酿吗？外婆你自己做的吗？！"

王莺莺舀了一碗递给她："昨天熟的，一直说给你做，尝尝。"

程霜吃得眼眉笑成花，一边吃一边盯着陶瓷缸，白色的外壁附着细细水珠，看着就让人凉快不少，已经开始惦记第二碗。

院内微风习习，连吃两碗，不用空调都觉得凉爽。程霜惬意地打了个嗝，说："外婆，小时候刘十三偷过你酿的酒给我喝。"

王莺莺停了手中的活，坐在竹椅上抽烟，笑呵呵地说："知道他偷酒了，那天他一回家就扑在床上，一口气睡到半夜。我这个外孙，从小到大，就是笨，谁家四年级泡妞给人家喝酒的。"

阳光一跳一跳，桃树投下来影子，让老太太满身都是光和叶子，她叼着烟，一笑，皱纹盛开，白头发被风吹得有些乱。

吃了酒酿，风一激，程霜脸有些红，她说："外婆，我替你梳头。"

王莺莺有午睡的习惯，半躺竹椅，眼睛眯缝，轻声唠叨，开始问程霜的喜好，对什么样的男孩子感兴趣。程霜蹙着小眉头，替老太太梳着头，认认真真回答。

"心肠要好。"

王莺莺点头。

"要有担当。"

王莺莺想想，也点头，鼓励她继续："具体呢？长相啊，工作啊，比方做保险的你喜不喜欢？"

程霜吃的酒酿，又不是白酒，不会醉，察觉王莺莺的用心，手停了，眯着眼看老太太。王莺莺偷眼发现，一个激灵，赶紧拍了下大腿，说："小霜，来来来，给你看个好东西。"

4

两人溜进刘十三的小房间，王莺莺打开柜子，被子底下摸出饼干盒，打开，两张写作文的方格纸。

"十三成绩不行，作文写得好，语文老师经常夸他。这篇选到县里头，参加什么比赛，拿过一等奖的。"

王莺莺说话间，一贯的不以为然，表情隐隐约约有骄傲。

"我不认字，问他写了啥，他不肯讲。他写作文，《记一件难忘的事》啦，《最美的春天》啦，都肯念给我听，那一篇咋就不行呢？嘿嘿，他以为小学的东西我卖废纸了，没想到会把这个留着。"

王莺莺得意地晃晃作文纸："趁你在，念给我听听。"

程霜也很兴奋，清清喉咙朗读："五年二班，刘十三，我的妈妈……"

题目念完，程霜的嗓子仿佛突然被掐了下，窗帘舞动，影子盖住王莺莺，老太太脸上的皱纹似乎深了许多。

程霜紧紧盯着纸上幼稚的笔迹，心跳得怦怦响，猛地咳嗽起来。

王莺莺拍她后背，说："怎么了，呛到了？"

程霜咳了好一会儿，说："没事，我继续念。"

我的妈妈有一双明亮的大眼睛，眼睛里装的都是我的身影。

我的妈妈有一张温柔的嘴巴，呼唤的都是我的名字。

春夏秋冬，我的妈妈永远温暖。日出日落，我的妈妈永远明亮。

我爱我的妈妈。

程霜声音拉得很长，饱含情感，念完鼓掌："虽然刘十三的字跟乌龟爬一样，文采还不错嘛。小学生这个水平，必须一等奖。"

王莺莺出神地听着，嘴角勉强勾起笑容："还以为什么了不起的秘密，普普通通的。"

她捋了捋白发，说："我去睡个午觉，你也休息会儿。十三的床干净，我早上重新铺过，天气热，别出去瞎跑。"

王莺莺转身走出房间，一向精神的她背影佝偻，程霜望着，觉得她很孤独，也很苍老。

程霜悄悄走到桃树下，旧旧的方桌上摆着一缸酒酿，陶瓷外壁凝了水珠，一颗一颗往下滑，像滚落几行泪。

小房间里，作文纸放回饼干盒，藏进柜子。

程霜临时编了一篇，五年级的刘十三，写的并不是这些。

5

五年二班　刘十三

我的妈妈

听镇上的人说，妈妈改嫁去了别的地方。她走的时候我四岁，连回忆都没给我留下。

我问过外婆，妈妈是什么样子，外婆不说。我就从别人妈妈身上，寻找她的影子。

小芳感冒了，妈妈把她抱在怀里，喂她喝药，所以我的妈妈，也会像她妈妈一样温柔。

怕牛大田饿肚子，妈妈往他书包塞鸡腿、奶糖和脆饼，所以我的妈妈，也会像他妈妈一样大方。

我找啊找啊，找到最完美的妈妈。

她唯一的缺点，就是不在我身边。

程霜坐在桌旁，托着下巴，望着门外的小路。柳树枝条挂得很低，满眼翠绿，不时有自行车骑过去。风和鸟反复经过这条小路，多少年也不停歇，枝叶婆娑摇摆，光影交错，远处的山峰沉默不语。

云边镇这个夏日最热的一天，女孩怔怔发呆，她在想，当年那个小男孩写一篇作文，写着写着，会不会哭。

女孩比陶瓷还要洁白的面孔，滑下水珠。不会有人知道，山间平凡的院子里，有个女孩为什么哭。

6 /

快餐档子出摊并不固定，毛志杰打一枪换一个地方。刘十三沿街打听，在油漆店旁边的巷子口找到。板车靠墙，板凳没收，毛志杰和三个中年男人围着塑料小桌子，热火朝天炸金花。他的手气显然糟糕，面前筷子大概当作筹码用的，只剩两三根，另外三人传递眼色，流露出要走的意思。刘十三磨磨蹭蹭，本以为牛大田烧了赌场，镇上赌徒会改邪归正，结果依然这么潇洒。

牌友看到刘十三，纷纷站起："阿杰，有人找你，明天玩。"

毛志杰踩灭烟头，脸红脖子粗："赢了就想走？我马上翻本，坐下坐下。"

牌友说："翻个球，你昨天输的一千块还没给，走了。"

刘十三寒暄："大家好，要不你们继续，打完我再跟他说话。"

三人拗不过毛志杰，怏怏坐下，毛志杰边洗牌边问："你来干什么？"

刘十三说："婷婷姐在我这儿买了几份保险，需要你签字。其中有份理财，需要你的账户信息，麻烦你报下账号。"

毛志杰刚点上的烟，一下摔掉，瞪着刘十三，牌都不洗，口水喷到刘十三脸上："滚！她不是要结婚了吗？马上要给老头子做老婆，还要当后妈，他妈的真不要脸，滚，她买的东西我不要！"

刘十三倒没听说毛婷婷结婚的消息，三个牌友七嘴八舌地讨论。

"给你买，你就拿，不要白不要。现在不拿，她把钱花到人家小孩身上，你多吃亏。"

"反正她跟外地人去南边，广州啊，以后肯定不回来了，你赶紧弄点好处。"

毛志杰重重扔下牌，问刘十三："那你说，什么保险，什么好处？"

刘十三忍住厌恶，拿出保单，耐心地指着几行重点："先说理财吧，根据婷婷姐购买的这份，时限十二年，你的年收益率是百分之六。如果你打算按月支取，每个月可以拿到两百多的项目分红。"

毛志杰瞟了眼："哦，送我钱？"

刘十三点头："差不多。"

毛志杰唰地夺过保单，往牌桌上一丢："你们听到了，每月两百块，一共十二年，我五千块卖给你们，谁要？"

牌友兴奋起哄，一人说："别，毛婷婷的东西谁敢碰啊？人人知道她晦气，克死娘老子，还是个哭丧的，真他妈脏。不小心碰到她的东西，得回家拿香灰洗手，对不对？”

另一人拍拍毛志杰的背：“亏得你不认她，不然也被克死。”

混混嘴巴没遮拦，讲得起劲，最后一人说：“可怜你那个姐夫，唉，他不晓得毛婷婷在本地的名气，要是他知道，还敢娶她吗？”

血涌上脑门，刘十三喊：“闭嘴！”

毛志杰一脚端中他肚子，端得他连退几步，一屁股坐倒。毛志杰蹲下，揪住他头发：“干什么，你跟她有一腿？”

刘十三抓着他的手腕，愤怒地喊：“松开，老子不卖了，老子去退给婷婷姐！”

毛志杰随手捡起一块板砖，拍拍他的脸：“她花了多少钱？”

刘十三说：“四份。八万。”

毛志杰龇牙笑：“退了，退给我啊。”

刘十三几乎不敢相信自己的耳朵：“你他妈还是人吗？”

毛志杰说：“退不退？”

小镇的夏日，全镇懒洋洋，只有知了不知疲惫地鸣叫。汗水挂在眼角，刘十三觉得胸闷，闷到要爆炸，他也捡起一块板砖，指着毛志杰说：“松手。”

毛志杰阴冷地盯着他，揪头发的手更加用劲：“我说，保险我不要，八万，退给我。”

刘十三似乎感觉不到疼痛，说：“不可能，那是婷婷姐的钱。”

毛志杰扬起板砖：“退不退？”

刘十三也扬起板砖：“你砸我，来，你砸我也砸！”

"去你妈的！"毛志杰一板砖下去，砰的一声，刘十三天旋地转，记着也要砸过去，手根本不听使唤，整个人倒了。

他蒙了，眼前有红色的液体，自己都能感觉到眉毛边湿漉漉的。

牌友们一看真的打伤人，一哄而散。毛志杰退了几步，慌慌张张，推起板车，从刘十三迷糊的视线里消失。

7

小镇医院，刘十三缝了几针，医生说不严重。刘十三头裹纱布，哭丧着脸，不知道回家怎么交代。门口一阵脚步声，毛婷婷匆匆忙忙进来。

她双手不安地绞着，说："十三，他打你了？要不要紧？"

刘十三捂住脸，悲愤地说："缝了几针，能有多大事。都传到你那儿了，看来外婆肯定也知道了。"

毛婷婷慌乱地晃手："不是不是，有人看到跟我报信的。"

刘十三叹口气，说："婷婷姐，你那保险我做不了，回头退给你。"

毛婷婷说："连累你了，对不起。"

刘十三说："婷婷姐，你要结婚了？"

毛婷婷脸腾地红了，年近四十的女子，原本鬓角有星星点点的白，这会儿不见了，估计染回了黑色。她不安地说："对，国庆办喜酒，你和阿婆、程老师都来。"

刘十三说："姐夫什么样儿的？"

毛婷婷小声说："姓陈，广州人，到开发区建楼盘，跑山里吃饭，认识了。老陈比我大八岁，二婚，工地上的，晒得显老，但懂照顾人。"

刘十三笑了，兴致勃勃地说："那我们到时候去闹洞房。"

毛婷婷说："十三，保险不用退，换个受益人，填老陈的儿子，你看好不好？"

这是对毛志杰死心了，刘十三有些替她高兴，说："好啊，按你说的办。我没事，只要你想通，外孙被打，王莺莺也不会怪你的。"

刘十三认真地望着她，说："婷婷姐，你要幸幸福福的啊。"

毛婷婷走的时候，刘十三发现她哭了。因为她用双手握了握他的手，表示歉意，刘十三看到，有一滴水落在她胳膊上。

8

九月也过得很快。学期伊始，同球球好说歹说，小家伙终于答应上学，隆重打了张欠条。程霜抽空去看，球球乖乖背着手端坐，聚精会神地学习。

中秋放假三天，院子热闹起来，王莺莺自己烘的月饼，一百个卖得飞快。

淡淡的圆月刚挂上天边，云彩绚烂，程霜溜进院子，大喊："外婆，今晚吃什么？"

姜片和蒜瓣在油锅蹦跶，王莺莺把砧板上的鲫鱼一条条放下去。鱼肚皮鼓鼓的，切口处黄澄澄的鱼子满到溢出。

她忙着浇滚油，笑着回："自己看。"

程霜环顾厨房，瓷砖台上依次放着发好的猪皮、木耳、干贝和海蜇头，桌上垒着水灵灵的黄花菜、莴笋、苋菜，中间一碗青嫩的毛豆米。旁边塑料袋打开，蛏子、羊肉、虾、蹄髈。屋檐挂着的腊肠、腌火腿也摘下来了，程霜吞吞口水："外婆，太丰盛了，刘十三要结婚？"

王莺莺看鲫鱼两面的皮金黄微皱，放入纱布大料包，加水跟生抽，合上盖子任锅中咕嘟："你都没点头，他结个屁。"

程霜拍拍手："我点头了，有个女同事还行，明儿喊她来。"

王莺莺斜眼看她："干吗今天不喊？"

程霜搂着她胳膊，说："今天吃的不想分给她。"

小葱打结，在猪油里熬，熬出最香的葱油。蒜泥炒熟，和葱油一起爆，撒点辣椒丝，加一碗高汤煮沸。蛏子用料酒和酱油腌一会儿，搭着姜块蒸熟，把刚沸腾的葱油蒜泥高汤浇上去，滋啦一声，人间最强美味。

葱油和蒜泥的香是不由分说的。谁说自己能抵抗这时蛏子的鲜美，刘十三不会相信。想到今晚的这道菜，刘十三美滋滋。

三十份保单办完，公司哪怕再苛刻，提成得下发，足足两万出头。

他买了镇上最贵的书包，两百。打算去化妆品专卖店买盒最贵的面膜，看了一圈，心中大喊一声无量寿佛！最贵的太贵，咬咬牙买了，用掉一千二。给王莺莺配副老花镜，四百多。想起外婆得湿疹，问了药房，买了最贵的药霜，两百多。钱包瘪了，拎着塑料袋回家，刘十三脚步轻快，感觉自己就是外出奔波、奋发捉虫的麻雀，现在要回去喂嗷嗷待哺的一家老小。

小卖部厨房里，炒锅在炖红烧鲫鱼，王莺莺又起一锅，从瓷罐中挖两勺猪油沿锅壁化开，她瞅瞅专心剥蒜的球球："小丫头，这几天跑哪儿去了？都不来看看太婆。"

球球噘嘴："我家里有事嘛，球球要照顾爸爸的。"

王莺莺"哦"了声，把空心菜沥干水，手折一折扔进锅里，等待的几分钟，她点根烟，又问："今天你爸不在家？"

她问的是球球亲爸，球球摇摇头："他吃过午饭出去玩，估计不回来。"

王莺莺点点头，叼着烟到大堂橱柜拿了罐药酒递给球球："看着点，他出门，容易被别人打，回去给他擦擦，好得快。"

球球接过，乖巧地说："谢谢太婆。"

"球球今天有什么想吃的？"

"想吃甜的！"

"那我们做个宫保虾球好不好？"

"好！"

灯火通明，欢声笑语，这是刘十三回到家脑中浮现的第一句话，特别俗套，特别贴切。

程霜正在大堂门口打电话："你们也吃月饼啊，没有月饼？吃比萨啊。"

看到刘十三回来，程霜摆摆手示意，继续跟电话说："我吃得可好呢，一会儿发视频给你们看。就这样，我帮忙去啦。"

电话一挂，程霜就对刘十三露出大大的笑脸："你回来啦！工作辛苦了！"

刘十三受宠若惊："你搞什么，这么温柔，有什么阴谋？"

程霜翻个白眼："我是看在外婆的分儿上，今天中秋节，要和和美美。"

王莺莺擦着手，头也不回："你随便骂，不开心就打，打完看会儿电视，菜马上就好。"

刘十三举起袋子，大声宣布："我发到工资啦，每个人都有礼物！"

三人惊喜地接过袋子，球球看到那个粉红色书包的时候，控制不住小嗓门尖叫一声，抱着书包又蹦又跳。

"谢谢爸爸，爸爸真好！我爱爸爸！"

程霜收起面膜，喜笑颜开，那边王莺莺又心疼又高兴："买这么贵的东西干什么，我用点青草膏就好了。"

她打开药霜盖子一闻，又递给程霜："你闻闻，香不香？"

程霜使劲点头："香！"

刘十三得意洋洋："王莺莺，别说我舍不得给你花钱啊。"

王莺莺面容一变："锅里还炖着鱼呢，捣什么乱，鱼焦了我把你炖了。"

王莺莺急匆匆回厨房，刘十三莫名其妙，老太太拿了他的东西，也不见服软。

程霜轻声说："她其实高兴极了，不好意思夸你。"

刘十三也小声说："我知道。"

程霜一晃面膜："谢谢啦。"

刘十三有点不好意思："镇上牌子少，也不知道新加坡人能不能用。"

程霜作势抽他，王莺莺在厨房发出指令："院子里吃饭，菜多，刘十三，抬圆桌！"

程霜帮着刘十三，将圆桌台面抬到小方桌上。

中秋的月亮圆得滴水不漏，完美得跟画在天空上一样。桃树似乎也欢喜，叶子泛起光亮，院子浮动秋日山间特有的香气。

摆好桌面，程霜说："我用不惯。"

刘十三愣住："啊？"

程霜罕见地低头："你送的，不舍得用。"

刘十三说："垃圾，用完再买。"

程霜飞起一脚，没踢中，冷笑着说："你敢躲？"

刘十三说："我没躲，我去厨房帮忙。"

9

桌边四张条凳，隔壁桂花开了，从墙头探出好几枝。桌下点盘蚊香，三人正襟危坐，王莺莺手脚飞快，片刻间摆完盘子碟子。最后一锅汤上桌，王莺莺才脱下围裙，擎了坛酒落座。

王莺莺夹一大块鱼子放到球球碗里："小孩子多吃这个，补脑。"

球球欢呼一声，大家正式动筷。

蹄髈烧面筋，汁水四溢，绵软有嚼劲。上汤苋菜，红汤夹着炖去碱味的皮蛋粒，像一碗宝藏。大虾球一团团裹上茄汁，咬开就弹到牙齿。油渣炸到酥脆，撒一抹辣椒粉，可以留着慢慢下酒。刘十三闷声不吭，端起葱油蛏子放在面前，在王莺莺锐利的目光中，犹豫了下，夹给程霜一个，球球一个。

三双筷子上下飞舞，吃得头也不抬。

王莺莺乐呵呵地看着小辈们的吃相，拍开酒坛，倒下半碗黄酒，点根烟，慢悠悠看着月光："桂花落得有点急啊，本来想跟隔壁打个招呼，采了做桂花蜜的，做好明年就有的吃。"

刘十三喊："外婆，别看花，吃饭啊。"

王莺莺夹一筷炒空心菜："不急，一会儿还要吃月饼，留点肚子。"

程霜鼓着腮帮子，努力嚼蹄髈，站起来舀冬瓜排骨汤，还不忘艰难地拍马屁："外婆，你这个手艺应该开饭店，好久没吃这么香了。"

王莺莺超出常理地温和，白发扎了个髻，一丝不苟，连皱纹都露着笑意。老太太倒了三碗酒："外孙，小霜，我们碰一个？"

"好。"刘十三擦擦嘴，和程霜一块儿举起碗，三碗相碰，月光下发出清脆的一响。

"球球也要！"球球举起舔干净的空碗。

王莺莺笑了，给球球倒上一点："今天中秋，一家团圆，小孩子喝点酒没关系。"

球球一口喝完，圆鼓鼓的小脸顿时通红，憋了半天，吐出一句："好酒！"然后原形毕露，猛灌白开水。

刘十三不记得自己最后喝了多少碗，空酒坛子仿佛不小心跌下桌碎了。王莺莺一直在说真好，说今天真好，说看到他们心里高兴。

他似乎听到哽咽的声音，听不清楚是谁的。

不应该，可能高兴坏了吧。

王莺莺醉了，他想。

好多年了，高考后，第一次在老家过中秋，也是他第一次和这么多人一起过中秋。如果这样能让王莺莺开心的话，以后每年中秋，他还是回来好了。

暗蓝天空挂着的月亮，今夜如钩，

他想起毛婷婷在婚礼上安安静静，笑得大方，

但眼睛里没有喜悦，只有离别。

这一年云边镇的秋天，结束了。

Chapter

13

婚礼

1

毛婷婷的婚礼定在十一，国庆假期，比较仓促。刘十三和程霜去帮忙，见到老陈，如毛婷婷所说，看着显老，但人实诚，憨笑递烟，话也不会说。

刘十三蹲在地上，跟老陈打气球，随便聊天："婚礼后你们就走？"

"回广州。"老陈言简意赅，附带招牌憨笑。

"听说你有小孩？"

"嗯，俩。"说到孩子，老陈一笑，鱼尾纹丛生，竖起两根粗壮的手指头，"男孩八岁，女孩十岁。"大概看出刘十三对他不放心，老陈难得多说几句："我跟她在葬礼上认识的。"

"啊？"

老陈丝毫不嫌晦气似的："在开发区做楼盘，同事的父亲过世，我跑来参加追悼会，看到她了。当时我想，哪个亲戚，哭得真伤心。看她大半天也不吃饭，就喝了口水，拿个馒头去招呼一声。然后知道她不是亲戚，是工作来了。"

刘十三想问，你不介意她的工作？看老陈捡到宝的表情，立刻明白，他肯定不介意。

"本来准备第二天回去，晚上翻来覆去睡不着，早上到了客运站，心想不成，掉头又回来，在宾馆住着，不好意思找她，总算等到她去面馆吃饭，终于说上话。"

说到这里，老陈停了，他感觉交代完毕，继续打气球。

他的讲述近乎平淡，刘十三莫名觉得还挺可靠。

他不嫌弃她身世孤寒，工作古怪，她也不嫌弃他离异，有俩孩子，谁能想到呢？天南海北互不相干的人，人生路走了这么长，眼看放弃希望的时候，他看见她的泪水。

可能这就是缘分吧，刘十三想想，有点羡慕。

2 /

十月一日，水晶酒店，紫白粉间隔的气球拱起一道门，迎宾桌上摆满玫瑰和千纸鹤。毛婷婷喜帖送得多，镇上人家纷纷来了。刘十三犯着嘀咕，王莺莺这会儿还没到，不像她的为人，宾客入席了，没瞧见她身影。

刘十三晃悠一圈，发现自助区有个眼熟的书包在晃动，球球蹑手蹑脚，鬼鬼祟祟地伸手，不停把糕点往书包里塞。

刘十三蹲她旁边。"你吃得完吗？"

球球吓了一跳，张开口的书包哗啦啦往外掉东西，瓜子酥、鸡蛋糕、巧克力，更过分的是她用塑料袋装了一整只烧鸡。

球球没好气地白了他一眼，手脚麻利地塞回去。"因为吃不完，才要带走啊。"

说得有道理，刘十三继续问："不带点值钱的，拿这么多鸡蛋糕干吗？"

球球嘿嘿一乐："我爸最喜欢吃这个，带回去他能开心得蹦起来。"

刘十三沉默一下，说："我帮你打掩护，别人看到了，就说是我不要脸让你拿的。"

球球瞪大眼睛："难道你以为我白拿？一会儿靠我递烟送酒，大家都知道，没人会管我。"

刘十三惊奇："感觉你混得比我好。"

球球冷笑："说得好像有人比你差似的。"

牛大田东张西望，远远地喊："十三，你在这儿啊。"

刘十三循声望去，大吃一惊，几天没见，牛大田刻苦读书，居然读出了近视眼。他推推鼻梁上的眼镜："别看了，平光的，装装样子。"

刘十三问："秦小贞呢？"

"调休，中午得去换班。"牛大田有点失落，"以为今天能跟她坐一块儿，英语听力都不做就赶来了，没想到银行这么跟我过不去。换了以前，我就去银行泼油漆。对了，我问你，当年高考的参考书在不在？你回家找找，送我吧，现在教材太贵，能省一点是一点。"

"你真打算高考？"

"为了小贞，别说高考，让我读研考博又怎样？"

刘十三拍拍他的肩膀："王莺莺早当废纸卖掉了，你要不服气，找她报复。"

牛大田啧了声，问："阿婆人呢？"

刘十三耸耸肩："不知道，一大早出门，现在没见着，这种外婆送给你好了。"

牛大田连忙摇头，离开宴有段时间，刘十三闲着没事，索性考查下牛大田的学习进度。迎宾桌上随手拿了纸笔，列出二元一次方程，问："你会解吗？"

牛大田沉思半晌："这是什么？"

刘十三沉思半晌："这是初中题目。"

牛大田如同萤火之光撞上皓月当空，不敢置信地愣在当场。

刘十三得出结论："如此看来，你暂时只有小学水平。加油。"

3

王莺莺起了大早，盘算一天日程，街道办让去银行开资产证明存档，不能拖。镇上组织老人体检，这个不管。毛婷婷婚礼，得随份子。盘算完，决定先去银行，办好证明，取个份子钱，来得及吃喜酒。

结果没料到银行人头攒动，大概节假日的缘故。

大堂经理关切走来："老太太，您办什么业务？简单的话我跟前面的人商量，让您先办。"

王莺莺看这人颇有几分善良，也很想利用他，奈何自己不光取钱，还要办见鬼的证明，估计没法插队了。

大堂经理替她找了座，倒了杯水："老太太，您脸色有点差，怎么不让儿女来？"

多管闲事，王莺莺板着脸："儿女脸色更差，我自己跑一趟锻炼身体。"

经理笑了，客套几句，转去服务一位孕妇。

王莺莺苦等，临近中午，离她还差十几号。她挪挪坐疼的屁股，站起来踱步，银行的玻璃大门外起了骚动，声浪越来越高，夹杂尖叫声。

王莺莺往门口走，见到四散奔逃的人群，接着一声惨叫，随后骚动忽然一顿，场面安静数秒，直接炸开，有人往银行里躲，有人往外头冲，兵荒马乱。

躲进来的人脸色煞白，惊魂未定，在那儿传递消息。

"王勇王勇，是那个疯子王勇！"

"他不是精神病吗，早说过赶紧关起来，迟早出事。"

"出大事了，他拎把斧头，刚刚乱挥，有个小姑娘遭殃了，砍在脸上，我的妈，全是血！不死半条命也没了！"

"什么小姑娘？谁啊？"

"我认识我认识，银行里头的，秦家的，叫秦小贞！"

4

水晶酒店宴会厅，司仪结束发言，老陈总算牵到毛婷婷的手，笑容满面地站在舞台中央。

牛大田被刘十三打击，一蹶不振地吃饭。刘十三安慰他半天，说："就算你是白痴，秦小贞也会等你。"听到这种没天良的话，牛大田收起阴沉的胖脸，奋战白斩鸡。

球球穿梭全厅，中华芙蓉王每桌四盒。她偷偷跟刘十三说，给王莺莺留一条中华。

突然牛大田放下筷子，说："我的心怎么跳那么快？"

被他一说，王莺莺还不来，刘十三有点慌，打个电话，没人接。他在伴娘群中找到程霜。"看到王莺莺没？给她打电话，不接。"

程霜摇摇头，下巴一点舞台："一会儿跟你找，我感觉毛婷婷也不对劲，从早上化妆开始，坐立不安的。"

刘十三看毛婷婷，化完妆真的美，穿着白婚纱，脸上却笑得勉强，说："等人吧，可她明明知道不会来的。"

程霜撇嘴："摊上毛志杰这样的弟弟，烦。"

音乐变得欢乐高亢，司仪宣布："请新郎说出誓言，为新娘戴上婚戒！"

保管婚戒的花童是老陈的儿子女儿，特地从广州接来参加婚礼。男孩打开盒子，女孩递给老陈，老陈单膝跪地，递上戒指，颤抖着嘴唇，半天开口，一张嘴，把麦炸了。

"老婆！"

麦克风鸣音不止，宾客大笑，婚庆团队忙上场调设备。

"老婆，认识你的时候，你在哭。我发誓，以后不会让你再流一滴眼泪。"自觉话说得有点大，他补充一句，"开心的眼泪不算。"

来宾乐不可支，毛婷婷冲老陈笑笑，目光回到宾客中游移，又转向门口。

门口空荡荡。

她垂下眼睛，仿佛决定了什么，再抬眼，笑容满面。她擦去老陈满脑门的汗，鼓励他慢慢说。老陈深呼吸，握住毛婷婷的手："我永远不会伤害你，永远爱你，永远是你的小煤球。"

没想到五大三粗的老陈还有昵称，宾客们笑得更厉害，但台上两个人却哭得稀里哗啦。刘十三大力鼓掌，别人的眼光重要吗？他们两个人很认真，认真地幸福着，这才重要。

鼓掌声渐起，工作人员不失时机地放起《今天你要嫁给我》，大家应声鼓掌，音浪席卷整个大厅，所有人包裹其中。

5

身前的人群轰然骚动，尖叫连连，王莺莺被推了一把，差点摔倒。

"他走过来了！到银行来了！"

"疯子过来了！"

"快关门啊，保安呢？！"

满身脏污的王勇提着斧子，人潮像被劈开，他走进银行，那把斧子沾着血。人们后退，再后退，最内层的人脊背贴到大厅四壁，被挤得大喊大叫。

王勇走到柜台："我取钱。"

他脸上看不出狂暴的痕迹，带着腼腆的微笑，似乎在说，不好意思麻烦你了。

柜员退得很远，瑟瑟发抖，看着王勇掏出一把字条。银行的人见过，王勇拿着这些欠条取钱，不是一次两次。

经理冲柜员焦急地打手势，柜员颤抖着取出一沓钞票，丢在柜台上。

王勇高兴得涨红了脸："要有中国人民银行字样的，要一张一张的。"

柜员丢完钱，退回去，连连指着钱，话也不敢说。王勇跟她唠家常："女儿开学啦，买课本，买球鞋，买吃的，谢谢你，谢谢你啊。"

闫小文带着几个年轻民警，这时候刚刚冲进银行。

6

听我说

手牵手

跟我一起走

创造幸福的生活

昨天已来不及

明天就会可惜

今天嫁给我好吗

音乐声中，毛婷婷和老陈接吻，孩子撒着花瓣。刘十三裤兜里手机嗡嗡振动。王莺莺总算回电话了，他松口气，接通电话。

听筒里有奇怪的喧嚣，王莺莺的声音紧张到尖锐："球球在哪里？"

刘十三莫名其妙，抬眼看看场内，球球分完烟，小书包鼓鼓囊囊的，贼眉鼠眼又喜不自胜地朝他跑来，手中扬着一条留给王莺莺的中华烟。

"在我这儿，怎么了？"

"你一定要把她看紧了，哪儿也不许她去，听到没有？一定要看紧她！"

婚礼现场音响声大，电话那头闹哄哄的，讲话听不清楚，刘十三问："你在哪儿，出什么事了？"

王莺莺的声音时断时续："作孽……不能……不能开……"

球球邀功地递上香烟，刘十三笑着冲手机喊："听不清，你快来，球球给你留了好东西！"

7

闫警官冲进门，紧张地持着枪，喊："放下斧头！"

王勇缩了下脖子，乖乖地看警察围上来，没做反抗，小声说："警察同志，我不要利息，你让他们把本金还给我，我想给女儿买东西。"

闫警官盯着他拎斧头的手，说："什么本金，你有什么要求，我们商量。"

"商量吗？"王勇好像渐渐想起来什么，脸上浮起古怪的笑容，"警察同志，我犯罪了吗，是不是要枪毙我？"

闫警官眼神示意，让同事准备，自己稳定王勇的情绪："犯不犯罪，要法庭判，你先放下斧头，放下来，就不会犯罪了……"

王勇连连摇头："我要死的，我死了，球球才能过得好。他们说的，我死了，过得好。你帮帮我，判我死刑……"

闫警官说："我帮你，你要相信我……"他下巴轻轻一动，同事要扑倒王勇的瞬间，王勇猛地挥舞斧头，大喊："你们从来不帮忙的！"

民警猝不及防，下意识一猫腰，没被劈到，而王勇彻底疯了，喊："你们从不帮忙的！从不！"

闫警官喊："放下！放下斧头！"

王勇再次举起斧头，眼睛血红："我死了，球球才会好。"

8 /

台上毛婷婷夫妻鞠躬致谢，音乐声震耳欲聋：

> 听我说
>
> 手牵手
>
> 我们一起走
>
> 把你一生交给我
>
> 昨天不要回头
>
> 明天要到白首
>
> 今天你要嫁给我

球球拽着刘十三的胳膊摇晃，刘十三对着电话笑："球球要跟你说话……"

电话那头砰的一声巨响，直冲耳膜，把他牢牢钉在原地。听筒内无数的尖叫声，刘十三茫然，随之王莺莺嘶哑地大喊："看住球球，看好她，听到没有！"

宾客席有人握着手机，站起来惊恐地喊："出事了！王勇精神病发作，被警察打死了！"

刘十三心跳得怦怦响，发觉球球的小手僵住了。电话那头，王莺莺喊声没停："看住球球！她爸爸没了！她爸爸没了！"

他张着嘴，慢慢低头，球球仰着脸，瞳孔失去焦点，微微地挣扎。

刘十三终于反应过来，王莺莺说的话什么意思。他猛地抓紧球球，不顾她的反抗、疑问、拳打脚踢，猛地捞起她，头也不回地往家走去。

"你放开我！我爸爸出什么事了！你放开我，你不是我爸爸！我要去找我爸爸！"

球球的书包被挤开，鸡蛋糕掉了一地，她喊得声嘶力竭："你不是我爸爸，我要去找爸爸！"

她小小的身子不知道哪儿来的力量，拱出刘十三的臂膀，摔落在地，爬起来就跑。

刘十三大吼："球球！"

球球头也不回。

刘十三和程霜追到派出所，据说小姑娘又哭又叫，把一个民警咬得伤痕累累。人们议论，说闫警官开完枪蒙了，失了魂一样任由同事夺枪，把他扣住。

民警要求无关人等立刻离开，两人默默无语走回，路过水晶酒店，球球的书包掉在路旁，沾满灰，鸡蛋糕都掉了出来。

程霜眼中噙着泪，捡起书包，拍去灰尘，紧紧抱住。

9 /

整个十月，刘十三像被生活推着走。程霜打听完球球的消息，面色憔悴，肿肿的黑眼圈，她告诉刘十三，球球会被送进福利院，而他们没有领养的资格。

"有办法领出来吗？"刘十三问。

程霜摇头："等有资格的人收养，或者到十八岁自行发展。"

大概因为没照顾好球球，王莺莺似乎生起闷气，精神恹恹的，大白天躺在床上，不知道想些什么。刘十三一边研究领养条件，一边推销保险。银行出了事，镇上居民的危机意识强烈许多，保险居然卖得很快。

刘十三拿着业绩单子，坐在桃树下苦笑。

程霜开导他："业绩进步该高兴，球球没了爸爸该难过。谁说高兴和难过会互相抵消呢，人为什么不能同时保留希望与悲伤？"

她望着秋天凋零的桃树，说："希望和悲伤，都是一缕光。"

十月某天刘十三经过婷婷美发店，入夜时分，店内意外地灯火通明。门开着，刘十三纳闷地走进去，四面新刷了白漆，空空荡荡，毛志杰端坐中间，脚下堆着锅碗瓢盆，两眼失神，盯着天花板。

刘十三不明所以，看到他就想往外走。

毛志杰主动搭话："十三，你去喝我姐的喜酒没？"姐这个字从他口中说出来，非常陌生。

刘十三"嗯"了声，毛志杰又问："我那姐夫人怎么样？"

刘十三说："老实人，对你姐不错。"

毛志杰点头，喃喃说："那就好。"

刘十三沉默一会儿，说："你姐那天一直在等你，如果你想要那份理财收益，随时到我家签字。"

毛志杰笑笑："姐把店面过户给我了。"

刘十三想骂脏话，毛婷婷的愚蠢超出他的想象。说房子给了毛志杰，怕他赌输掉，争了好几年，打了好几年，结果放弃了。刘十三一阵焦躁，毛志杰说："她这样不对。"

刘十三怒气上来，突然听到毛志杰一个大老爷们抽抽搭搭的。

他说："这样不对，什么都不带，我没有给她准备嫁妆，她这样到了夫家，会被公婆看不起的。"

他双手捂着脸，滑下板凳，蹲着，哭声越来越大。

他说："我才知道，她早就过户给我了，上面写七年前她就过户给我了，就差我签名。"他的手背被眼泪打湿，"我都没有给她准备嫁妆……她出嫁的时候一个娘家人都没有……"

在男人的哭声中，刘十三慢慢退出去。

云边镇的夜路，他熟悉无比。暗蓝天空挂着的月亮，今夜如钩，他想起毛婷婷在婚礼上安安静静，笑得大方，但眼睛里没有喜悦，只有离别。

刘十三也拎着果篮，去医院探望过秦小贞。具体当时疯子怎么弄伤她的，群众不太清楚。秦小贞说急着换班，推开人群往银行走，之后的记忆，只剩一片血色。

医生说，她运气好，没伤到动脉要害，也没割破眼球，斧子从脖颈处划过，直切额头，把脸分成两半。

秦小贞醒来后，执拗地要照镜子。脸部缝合二十六针，黑色针脚形成短小横线，一格格爬过她的容颜。

她半天没说话，她特别爱美，下班必定要换下制服，发梢都保养得没有分叉。秦家老两口劝到嘴干不管用，只好把等在病房外的牛大田放进来。

牛大田一进门，秦小贞就把自己蒙在被子里，死活不愿露面。

牛大田眼圈红红，问她："如果我考不上大学，你会不会嫌弃我？"

被面轻微动动，秦小贞在摇头。

牛大田又问："如果我一事无成，赚不到钱，除了对你好别的都不行，你会不会讨厌我？"

秦小贞用力摇头。

牛大田大声说："那你就算脸全烂掉，胖成肥婆，十年不洗头，我也不会嫌弃你。"

被面抖动起来，是秦小贞忍不住笑，笑到气闷，掀开被子责怪："不要乱说话，谁是肥婆？我伤口会裂开的！"

牛大田嘿嘿看着脸上长疤的秦小贞，由衷赞美："你这样子，真酷。"

刘十三到病房的时候，秦小贞、牛大田打着游戏。他眼睛一瞥，床头柜上摆着秦小贞常拎的方便袋。

秦小贞放下手机，眨眨眼："帮我拿一下。"

刘十三把袋子拎过去，秦小贞推给牛大田："以前你天天跟着我上班，我就带着了。喊你看越剧那天，本来想给你，结果你跑得太快。厨师等级考试的资料，没事就看看。"

牛大田举手发誓："我天天做模拟试卷，没空看这些闲书。"

秦小贞扑哧笑出来："拉倒吧，什么年纪了，还真的高考，你是那块料吗？考个厨师，不光赚钱，还能给我做好吃的。"

牛大田两眼放光："我可以不学几何物理了？"

秦小贞摇头："不学！"

牛大田再问："那你爸妈呢？他们能同意？"

秦小贞看病房门口，门框边缘露出秦爸鞋尖，她笑了笑，小声跟牛大田说："同意。"

牛大田当场欢呼出声，抱着书激动得不知所措，转几圈想亲秦小贞，没好意思，就狠狠在刘十三脸颊上吧唧了一口。

刘十三擦擦脸，嘴边也泛起笑容，心中有所宽慰，阴霾这么多天，终于在十月的尾声迎来一件好事。

院子门口青砖小道第一次结霜，就快立冬，王莺莺病倒了。她扶着门框，身后灶台咕嘟嘟炖着羊肉，热气蒸腾，锅铲从手里哐当掉了，老太太也缓缓滑下。

这一年云边镇的秋天，结束了。

"外婆，你会不会永远陪着我？"

"外婆在的，一直在。"

Chapter

14

外婆的拖拉机

1 /

半年前，五月份，云边镇花开得最灿烂，王莺莺去了趟县城，是镇上护士让她去的，反正不远，十几公里，搭个公交车就到。

第一人民医院门口，主任一直把老太太送出来。王莺莺手中拿着 CT 袋子和病历本，听他压低着声音说："放化疗的意义不大，你回去跟家属商量下，如果需要，我给你安排。我的意见是……"主任叹口气，继续叮嘱，"你可以考虑中医疗法，不能完全放弃。"

王莺莺回过神，对医生笑笑："哎，好的，谢谢主任。"

后来他说什么，王莺莺有些听不清，脚步好像踩在棉花上，虚虚的不受力。

"早点跟家属商量。"

王莺莺点点头。

"肿瘤边缘不清，切片验出来情况不好，恶性，这个你能不能理解？"

"肝癌晚期了，你指标太低，这个一项项说明给你听。"

"不好手术，转移太快。那不是湿疹，是癌细胞。"

"家属来吗？"

脑海里回放医生说的内容，每个字都清晰，意思却搞不明白，其中夹杂自己的一句询问："医生，我还有多久？"

她记得主任沉默一下，说："半年总有的。"

坐公交车回镇上，王莺莺望着车窗外，油菜花和麦田波浪起伏。她心想，小卖部的存货，拿出来擦擦灰摆上。以前干脆面总留一箱给外孙，他饭不好好吃，啃起干脆面跟大田鼠一样，上完高中，他渐渐就不爱吃了。现在促销全送掉，回来看他气不气。

想到这里，老太太笑了笑，眼睛有点涩。

她决定谁都不通知，如果刘十三知道她生病，恐怕要哭昏过去，他这个哭包，做起事绵绵软软，让他做决定，还不如自己来。

之前额头痒，以为虫子咬的，涂药膏不管用。镇上的护士见到，跟她说："阿婆，你这边溃烂了呀，赶紧去大医院看看，不要搞成皮肤病哦。"

她半夜痒醒，一挠，手指沾了小片碎皮。想想不对，起早去医院。皮肤科的医生居然让她拍个片子，王莺莺以为医院坑钱，老大不乐意。

片子拍出来，医生说："你重新挂个号，去肿瘤科。"

当时莫名其妙，接着医生们轮流问诊，主任都来了，问她，有没有浑身乏力？有没有低烧？抽个血验一下吧。

折腾两天，给了最坏的结果。

2 /

大清早，老李头敲敲小卖部的窗户："嫂子？"

她忙回："要什么？"

老李头说："老规矩，一包烟。"

她自己叼着一根，教训起别人："少抽点，年纪这么大，不晓得照顾身体？"

老李头抬抬眼镜："买了这么多年，你不也抽？"

王莺莺把烟摔出去："二十。"

她一个人发了会儿呆，动不动就想到刘十三。平日也是时时刻刻想的，今天不一样，可能来不及了。

王莺莺洒水，把地面扫干净，小卖部的窗玻璃擦得嘎吱响，走出院子，绕过院墙，后头空地停着拖拉机。

柴油够的，去外孙那儿，来回两百公里，带几桶备用。

王莺莺吃力地爬到驾驶座，喘口气，心想，这铁疙瘩质量真不错，跟了她这么多年，配件换了几套，踩下去力道十足，哐哐作响。

平时最远开到县里进货，城里还没去过，她望望脚下的水壶、一袋馒头，稳稳心神，对拖拉机说："走，接外孙去。"

踩下踏板，突突声中，王莺莺向省道驶去。

3

中间休息了四五次，开到黄昏，拖拉机大灯照在路上，黄亮亮两道子。

进城干道限行，拖拉机不给进，要绕小路。拦住王莺莺的交警挺客气："婆婆，这么晚不安全，您先找地方休息，明天打车进城，一样的。"

王莺莺更客气，从车斗拎出一捆火腿肠："小伙子值夜班饿吧？吃两根垫垫肚子。对，我就是在贿赂你。"

交警苦笑："你就算贿赂我，我也不能放啊。"

王莺莺遗憾地想，火腿肠规格不够，早知道带熏腊肠，不过没关系，大路走不了，可以走小路。

她王莺莺运货多年，看着星星从不迷失方向。拐错路，掉头，绕圈圈。一会儿跟在渣土车后面，一会儿蹿进小道，丢香烟给人问路。七十整的王莺莺，驾驶拖拉机，入夜后兜兜转转，找到外孙说过的地址。

敲门都不用，门没关，王莺莺嘀咕，坏人偷偷摸摸进来怎么办。开了灯，老太太看见自己的外孙，男孩脚边一堆横七竖八的啤酒罐。

男孩泪眼模糊地看着她，咧着嘴说："王莺莺，你怎么才来？"

王莺莺眼泪唰地掉下来，止都止不住，跌跌撞撞跑过去，抱着外孙，不停摸他脑袋，像他小时候一样哄："不哭不哭，外婆来了。"

"外婆，你怎么才来啊，你到哪里去了？你怎么才来？"

喝醉的刘十三只会说这两句话，意识不清，仿佛六七岁的小孩，满肚子的委屈，自己那么难过，外婆一直不来。

王莺莺抱着他，掉眼泪，翻来覆去说："我的外孙哦，我的宝贝哦。"

她不明白，自己那么要强的外孙，怎么蓬头垢面一塌糊涂的样子。

刘十三紧紧抓着王莺莺的手，说："外婆，我难受。"

"外婆给你煮汤喝。"

刘十三喃喃地说："外婆，我是不是很糟糕？为什么喜欢的人都要离开我？妈妈走了，牡丹也走了……"

祖孙两人坐在地板上，靠着墙，刘十三嘴里含混不清，王莺莺沉默好一会儿，说："十三，你是不是很想妈妈？"

刘十三点头："做梦都想的，外婆，小时候喜欢躺在长凳上看云，我以为，天上的云会变成你想念的人的样子，好几次，我好像真看到了。长大一点点，学习要紧嘛，不专心去想她了，闲下来才想，可是没有断过，一天都没有断过。"

老太太的眼泪一串串掉。

"是我不好吗？是不是我很小的时候特别讨人厌？不然妈妈怎么不要我？"

王莺莺说："她有她的难处。"

刘十三认真赞同："我也这么想，只不过想不通。智哥说，想不通，不想，喝酒。"

他打开一罐啤酒，递给王莺莺，豪爽地说："酒逢知己，就是兄弟！你是外婆，也是我兄弟！干杯！"

王莺莺跟他干杯，咕嘟嘟喝啤酒，第一次讲了个遥远的故事。

4

你妈出生在一个岛，海边的，那里有棋盘脚花，到了晚上才开。当时你外公在，开心得不得了。后来你外公没了，家里人只要你妈，赶我走，我就偷偷带着她，回了云边镇。

她十几岁天天跟我吵，高中没毕业离家出走，回来带了个男的，就是你爸爸，说打工认识的。他们结婚，你妈肚子大了，还没把你生下来，那个男的拿了家里所有钱，跑了。

你妈上吊，没死成，整天不说话。你两岁的时候，她又要走。我说，你再走，就别回来了。她说，不能赖着我，死在外面也好。

她写过两封信，说结婚了，过得很好，就是很远很远，回不来。

我托人回信，说，你回来，我出钱。

她呀，再也没有消息。我一直想，是不是过得不好，没脸回来呢？

王莺莺絮絮叨叨，刘十三头晕眼花，叨咕一句："外婆，我活得很没意义，想要的都得不到，算了，什么都不要，死了算了。"

王莺莺心突突直跳，擦擦眼泪，气得骂他："你怎么能乱想！四肢健全，受过教育，我们家又不是穷到吃不上饭，怎么能说死字？年轻的时候就要走得远远的，吃好多苦，你怕什么！家里有人，我老太婆在，你就有家的，闯得出去，回得了家，才是硬邦邦的活法！"

刘十三赶紧摸摸王莺莺的背，帮她顺气，没想到王莺莺反应这么大。

王莺莺说："就算我不在，你也要好好活。"

刘十三撑不住了，嘀咕："外婆，你会不会永远陪着我？"

王莺莺说："外婆在的，一直在。"

刘十三睡着了，梦里笑嘻嘻："外婆长命百岁。"

5

行李捆成一包一包，一次性搬不动，慢慢搬。最后王莺莺蹲下身子，把刘十三的胳膊搭在肩上。

刘十三醉成一摊烂泥，不停往下滑。

王莺莺半背着他，慢慢下楼。不像小时候的他，一只手就能抱起来。

楼道口，王莺莺停下来喘气，唾沫星子一股血腥味。她扭头端详外孙，把他的头发拢好。

夜未央的省道，拖拉机匀速前行，车斗颠簸，刘十三躺在里面哼哼唧唧。王莺莺把拖拉机停到路边，帮他翻身，等他吐完，拿毛巾蘸了水给他擦脸。

拖拉机开了一夜，刘十三吐了几次。有次擦脸，刘十三醒来，恍恍惚惚的，以为回到了某个深夜，他喊着："我不去，我不走，我要回家。"

王莺莺说："好好，我们不去。"

刘十三眼泪滚下来："我不去找她了，我不想见她，太伤心，我们不去找她。"

王莺莺哄他："不去找不去找，我们回家。"

刘十三满意地滚回车斗："回家好，我想我外婆，我想她做的豇豆炒肉丝，我外婆真好，我跟你说，她一点都不凶，一点都不，她会打麻将，我们找她打麻将。"

王莺莺回到驾驶座，踩下油门，七十岁开着拖拉机，近乎一日一夜，整个后背湿了。省道尘土重，夜里没灯，王莺莺努力望着前方，泪水和汗水滑过皱纹。

外婆真想好好活下去，真想永远陪着你，外婆在，你就有家。

现在怎么叫她放心，老太太心痛，痛得快碎掉。生死是早晚的，可惜太快了。

马达的突突声中，王莺莺呜咽的声音被掩盖得很好。

山顶穿破云层，

两人仿佛站在一座孤岛上，

海浪涌动，雾气弥漫。

岛上铺满白雪，

一棵树上挂着熄灭的灯笼，

云海之间孤立无援。

Chapter

15

除夕

1 /

主任说，癌症来的时候静静悄悄，不声不响，一旦长大，摧枯拉朽。

主任说，住院没有意义，她自己也想回家。老年人这种情况，都想回家。

主任迟疑一会儿，又说，运气好的话，能撑到新年。

他开出杜冷丁，告诉刘十三，按照恶化程度，前两个月她就很疼，撑到现在，已经不用管剂量大小，三小时一支，打在脊柱上。

外婆入院后，刘十三整宿整宿睡不着，一闭上眼，就想，王莺莺现在会多痛？

镇痛泵打完，她都痛到哀号。那前两个月，她做饭的时候，会有多痛？她在家等待的时候，会有多痛？

他不敢想，念头一起，难受得喘不过气。

主任最后说："一次不能开太多，用完过来取。高蛋白开两瓶，吊命用。收拾好东西，去办出院手续吧。"

回到病房，王莺莺打过镇痛泵，睡着一会儿，醒了，小口吃着程霜剥的龙眼肉。

刘十三声音是哑的："外婆，我们回家。"

王莺莺鼻下挂着氧气管，精神不错，听说能回家，开心地催程霜扶她起来："早说不要进医院，耽搁几天，赶上下雨。"她伸出胳膊，让程霜给她穿外套，"最怕过个脏年，地都扫不干净。"

刘十三用手掐自己大腿，心痛得不行，勉强开口："我去办出院手续。"

他一出房门，王莺莺垮掉似的，身子一软，程霜赶忙扶她缓缓往后靠，王莺莺摇头，喘息着穿好衣服，坐在床边。

她干瘦的手，抖着去抓程霜的手，说："小霜，外婆知道你的事，我去找罗老师聊过天。"她把程霜的手贴着胸口放，用尽全力贴着，似乎要用苍老的身体去保护什么，说："别怕，小霜别怕，你这么好的姑娘，老天爷心里有数的，不会那么早收你的。"

程霜眼泪哗地下来了。

她笑着说："外婆，我撑了二十年了，医生都说是奇迹，你也可以的。"

王莺莺一只手握着她，另一只手去替她擦眼泪："外婆不成了，就想告诉你，你要喜欢那小子，是他的福气。你要不喜欢，就别管他，随他去，外婆留了钱给他，他能活下去的。"

程霜眼泪吧嗒吧嗒，王莺莺把她的手贴上自己的脸，程霜发现手心也是湿漉漉的，外婆也哭了，那个耀武扬威的王莺莺哭了。

程霜抱住她，怀里的身体又轻又瘦，她哽咽着说："外婆，你没事的，我们都能活很久的……"

王莺莺笑了："知道了，傻孩子，那，外婆就不说谢谢你了。"

在女孩的怀里，老太太轻柔地说："因为啊，一家人。"

回家后，王莺莺时而迷糊，时而清醒。清醒的时候，她让刘十三取她照片，去年补办身份证拍的，说这张照片好看，头发梳得时髦，留着放大当遗像。

讲到自己好看，她口气还很得意。

头脑模糊的时候，刘十三紧紧握住她的手，老太太手心冰冷，一滴汗都没有。她会无意识地流眼泪，说天太黑，走路害怕。刘十三把家里的灯都打开，她还是说太黑。

腊月二十三，这几天莺莺小卖部都有熟人。年长的婆婶们知道，丧葬的事刘十三不懂，一个个自发地忙前忙后。刘十三守在卧室，大家奇异地保持安静，没有吵醒睡着的王莺莺。

街道办的柳主任告诉刘十三，他请了和尚，刘十三道过谢。

昏睡几天的王莺莺突然咳嗽一声，醒了，刘十三赶紧凑过去："外婆，我在这儿。"

王莺莺瘦得皮包骨头，轻微地喊："十三啊。"

"外婆，是我。"

"我的外孙啊。"王莺莺手动了动，刘十三深呼吸，弯腰，脸贴着她的脸。

王莺莺说："我的孙媳妇呢？"

王莺莺没头没脑冒出这一句，刘十三一愣，旁边程霜一直听着，这时候握住王莺莺的手："我也在呢。"

王莺莺转动眼珠，看着两个年轻人，说："你们结婚吗？"

程霜说："结的。"

老太太说："什么时候？"

程霜说:"马上。"

王莺莺笑了,笑意只回荡在眼里。她松开刘十三的手,从枕头底下摸出一支录音笔。她递不动,攥着录音笔,搁在床边。

王莺莺仿佛很累很累,咕哝出最后一句:"十三,小霜,你们要好好活下去,活得漂漂亮亮的。"

然后她闭上了眼睛。屋内哭声四起,一名和尚双手合十,掌中夹着念珠,快速念起经文。

南无阿弥多婆夜,哆他伽多夜,哆地夜他,阿弥利都婆毗,阿弥利哆悉耽婆毗,阿弥利哆毗迦兰帝,阿弥利哆毗迦兰多。伽弥腻,伽伽那,枳多迦利,娑婆诃。

2 /

王莺莺腊月二十三走了,云边镇已经满满过年的气息。卖场放着《恭喜恭喜你》,街角孩童炸起零散的爆竹声,人们身上的衣服越来越鲜艳,年轻人陆续返乡,笑容洋溢在每一张面孔上。

腊月二十四葬礼,和王莺莺有交情的,都来帮忙,人依旧少,快过年了,普通人还是害怕晦气。刘十三拒绝了一切仪式,他只想让王莺莺好好躺着,好好休息,好好在这个院子里,能平静地度过最后一夜。

腊月二十五火化,刘十三心中空空荡荡,一丝裂痕悄悄升起，疼得浑身都麻木了。但他没有哭，他和程霜忙所有的事情，他要挺住，不然王莺莺会骂他。他甚至忘记了，程霜也没经历过，女孩戴着黑袖章，咬着牙和他一起撑着。

腊月二十六夜里，飘起细密的雪花，清晨白了连绵的山峰，街道满布脚印。除了超市，只剩卖兔子灯的、爆竹店和腊货铺子营业。家家户户开了自酿的米酒，随便一个窗户，都会飘出来蒸汽和腌菜肉丝包子的香味。小雪带点冰珠，和着人们的欢声笑语，在小镇飘了一天。

腊月二十九小年夜，程霜掀开刘十三家门口的白布幡，屋檐挂着白条，满院子的雪没铲，眼内全是一片白。正屋门槛后，花圈靠着台子，桌台上摆一幅老太太的黑白遗像，哪怕这几天日日相见，她眼泪还是流了下来。

明天除夕，也是王莺莺的头七。《天气预报》说，晚上暴雪，上山的路政府用护栏封了。但刘十三一声不吭，小心翼翼整理灯笼，万一哪支蜡烛没有芯子，点不着。

雪太大，上不了山，挂不了灯。程霜知道，但没有劝他，无声地蹲在他身边，跟着整理灯笼。天黑后，程霜没走，和刘十三一起，肩并肩坐在灵堂前，守好最后一夜。

后半夜，程霜头耷拉在门框上，被冻醒，她起身，腿脚一阵酸，走到院子，一抬头，鹅毛大雪扑落，灯光中翻飞不歇，跌在身上也不融化。

刘十三坐在桃树下，默不作声，全身是雪，头发衣服白了，不知道已经多久。

程霜坐到他身边，没有伸手去替他拍掉雪花，默默守着，让夜空无数洁白不知疲倦地坠落。

慢慢地，院子里的两个人，变成雪人。

年三十，大雪封山，不能给王莺莺点灯，镇上的人陆续冒雪而来，灵堂前鞠躬。刘十三和程霜一一回礼，送走大家。下午两三点，就没人来了，毕竟是除夕，尽早表了礼，还要过年。

黄昏时分，天就黑了。路灯打亮飞舞的雪花，爆竹震天响。小孩子成群结队，提着花灯，到处拜年，到谁家喊一声新年好，就收到一个红包。欢笑声，劝酒声，阖家团圆有说不完的话，汇聚成河，流淌在云边镇的街道。河流绕开一个院落，院内白素在寒风中摆动。

刘十三轻轻抱住程霜，说：“谢谢，罗老师会等你的，总得回去吃个年夜饭。”

程霜摇头：“她说让我看着你，我不走，怕你犯傻。”

刘十三勉强扯下嘴角，说：“怕我去点灯？不可能的，封路了，这么多灯笼，我一个人怎么挂。”

程霜认真地说：“如果你要去，我陪你。”她鼻子冻得通红，昨夜雪中坐了半宿，浑身湿了，也没回去换衣服，白天一个一个鞠躬回礼，这会儿脸上浮起不正常的红晕。

刘十三说：“会感冒的，你回去洗个热水澡，我就在这儿，不走。等你来了，我们一起把灯笼挂院子里。王莺莺那么厉害，看得见的。”

程霜哆嗦着往掌心呵了口气，点头说："好，那你等我。"

3 /

弯腰钻过山脚的护栏，鞋子陷进雪堆，刘十三把一盏灯笼系在腰上，奋力拔出脚，电筒光柱随他吃力地动作，一阵乱晃。

他深吸一口气，开始爬山。

这条山路，他上下过无数次。春夏秋冬，山峦绿了又黄，他见到沿路不同的色彩。大雪纷扬，原来山白色的时候，每一步都那么艰辛。刘十三喘着气，膝盖以下湿透，心脏跳得飞快。他不能停，一停，羽绒服里的汗水会把人冰僵，刀割一样。

一脚下去，脚脖子就没了。身后的脚印，只能依稀看见十几个，一溜顺着山道，盖住只用几分钟。刘十三摔倒的次数都数不清了，从第二次开始，他解开灯笼，抱在怀里，怕被压坏。雪深不好走，一摔，陷进雪里，也滚不下去，只是整个人爬起来，太吃力了。这跟自己的人生真像，咬牙已经没有用了，摔不死，爬不动，自己喊着加油，挪一步拼尽全力。

一个多小时的山路，雪夜中，刘十三爬了七八个钟头。

刘十三踩到山顶的雪，鞋子不见了。他瘫了一会儿，艰难地起身，手脚冻得失去知觉，连续试了几次，才把灯笼挂在树枝上。

他喃喃自语："王莺莺，我没本事点亮整条路了，就挂一盏，山顶挂一盏，你肯定能看见的。"胸口内兜几个打火机，还有一瓶火油。刘十三点着灯笼，卖灯的师傅说，这盏防风，贵五十。

微弱的火苗，跳跃在山巅，驱开一圈小小的夜，围着它四周，雪花晃悠悠。

树底下碎石块简单搭好，捡些粗细不一的树枝，浇上火油，刘十三点了堆粗糙的篝火。靠着树干，围巾包住脚，头顶就是随风摇晃的灯笼，刘十三昏昏睡着。

雪停了。

4

刘十三醒来的时候，被人紧紧抱着。天色蒙蒙亮，篝火熄掉，山巅寒风逼人，他揉揉眼睛，看见程霜扑闪着眼睛，浑身裹得球一样，正用一个小暖炉焐他的脸。

她笑嘻嘻地说："我比你聪明，带装备了。在家我就知道不对，穿了两条秋裤才出门。果然，你上山了，还想骗我。"话出口，虽然她假装轻松，声音却是抖的。

刘十三拿过小暖炉，抓在手心，焐她的手："很冷吧？"

程霜瘪着嘴，泪水从眼底漫上来，放声大哭："太他妈的累了，呜呜呜呜，我爬了他妈的十个钟头，呜呜呜呜，鞋子掉了好几次，呜呜呜呜……"

刘十三手忙脚乱替她擦眼泪，手冻得僵，不听指挥，擦得笨拙。程霜不管不顾，哭着喊："外婆呢，外婆能看见吗，她能找到路吗？刘十三，我好难过啊，我怎么这么难过，外婆能找到路吗？你说啊……"

云的边缘带上金黄色，天际缓缓变亮，朝日从云间拱出来，霞光无声蔓延，翻腾的云海似乎就在脚下。

山顶穿破云层，两人仿佛站在一座孤岛上，海浪涌动，雾气弥漫。岛上铺满白雪，一棵树上挂着熄灭的灯笼，云海之间孤立无援。

"将来要是我考不上大学，就回来帮你看店。"

"说不定我活不到那时候。"

"外婆，你去过外边的，山的那头是什么？"

"是海。"

"老家就这么好？"

"祖祖辈辈葬在这里，才叫故乡。"

"外婆，你会不会永远陪着我？"

"外婆在的，一直在。"

望着这片山间的海洋，刘十三心想，我没有外婆了。是啊，以后没有人举着笤帚，满镇子追他。没有人一把掀开被子，拖他去吃早饭。没有人叼着烟，拍他的后脑勺。没有人擦着汗，在云边一家小卖部搬着箱子，等自己的外孙回家，一等就是一年。

眼泪终于滚出眼眶，努力压了好几天的悲伤，轰然破开心脏，奔流在血液，他嘶哑地喊："王莺莺，你不够意思！王莺莺，你小气鬼！王莺莺，你说走就走，你不够意思！"

5

柳絮一飘，春天不容置疑地到来。不管什么乍暖还寒，柳絮就是飘了，飘遍云边镇。人们放下去岁的哀愁喜悦，告诉自己，新的一年真正开始。

莺莺小卖部也没凝固在冬天，暖风执意吹拂，把嫩叶的影子吹上雪白的墙壁，吹开了桃花。第一朵花苞冒出来的夜晚，树下的刘十三打开那支录音笔。

"喂？喂？"

王莺莺的声音，老太太小心翼翼地试着："十三啊？"

他回答："嗯。"仿佛外婆站在面前跟他说话。

录音笔的声音很清晰。

十三，外婆有几句话想跟你说，怕你不自在，就录下来了。等我走了，你自己一个人听。那，如果有一天你妈回来，我是等不到了，但万一她肯回来，你碰到的话，帮我跟她说，我不怨她，让她别太难过，她永远是我的女儿，我永远都盼着她好。

她去哪儿，嫁到再远的地方，回不回来，都是我的女儿。

记住啦，别瞎讲八道，你妈不容易，别怪她。她走那天，我在树底下埋了一坛酒，等她回来，你陪她喝，就当我陪她喝的。

还有啊，老李的钟表铺，我卖了。钱汇过去，老李不肯收。他说，给云边镇小学的学生买保险，住在小镇二十多年，人走了，留点印子吧，为镇上小孩做点事情。我不会搞你那些单子，存折在床头柜，如果你有空，去帮老李填一填。兔崽子，别乱花，不然揍死你。

还有什么来着，哎，差不多了，怎么关掉啊这个东西……

录音笔里传来一阵窸窸窣窣，嘀地一响，杂音戛然而止。

刘十三仰起头，三月的星空清澈。望着星群隐去，薄云渐亮，他站了整个晚上。那天之后，桃花纷纷钻出来，长大，花萼绽裂，花瓣细细伸展铺开，薄薄地晃成一片粉红。

连续一周，程霜拿来学生资料，刘十三默默填着单子。儿童意外险不贵，每份两百多，老李头的钱足够交三年。八百多份了，不知不觉离一千份已经不远，但刘十三并不惦记。这些是一个老人对这片土地的心意，他留给住了二十多年的这座山间小镇。

有一天，刘十三发现，工作群里侯经理不见了。侯经理离职还是调职，他没问，那个赌约在他心中，早就不复存在。一笔笔努力谈下来的单子，发往公司，他已经正常地领着工资。

6

三月底，花瓣凭借自身微小的重力落下，打着旋，悠悠地坠到地面，积成一层粉红色。

程霜带了份早饭，炖蛋、速冻水饺、一个洗干净的苹果。她照常把饭盒递给刘十三，脚步却没离开。

程霜说："跟你讲点事，怕以后没机会。喂，认真点，背下来，不许忘记。"

她自顾自地说："十一岁那年，爸妈决定搬去新加坡，他们说机会再渺茫，也要试试看。我不愿意去，写了张字条，说对不起，让他们再生个活泼健康的孩子。"

刘十三扭转头，看见女孩头发上飘下几片桃花瓣。

"小姨跟我关系好，我自己坐车逃过来，遇见你。云边镇多好啊，那么温柔那么美，数不清的蜻蜓、萤火虫，山上还能采到菌子。喂，你怎么走神了，是不是在想牡丹！"

刘十三一怔，牡丹？这名字陌生起来了，他呆住，以为刻骨铭心永世不忘的人，已经不再记起。

上次想念牡丹是什么时候？不知道了，也许是他卖完保险累得倒头就睡那天，也许是毛婷婷结婚那天，也许是担心王莺莺太难受，辗转难眠那天。

他忘记牡丹，忘记的天数多了，再度加载记忆，连她长什么样都有点模糊。原来他并不如自己所想般深情，也不如自己所想般颓废，真正的刘十三，一直在努力活下去。

程霜冷哼一声："其实我觉得，云边镇最好的是你。那时候，你傻不拉叽给我带东西，我起早一睁眼，想，刘十三这个傻蛋今天会带什么？你这么笨，只有我能欺负，别人都不行。后来，爸妈给小姨打电话，我接了，我妈哭着说，她对不起我，没给我健康的身体，她求我回去，说有一点希望也要坚持。我想，那试试，只要我活着一天，他们就还有幸福。"

程霜嘻嘻一笑："我很早熟吧？"

刘十三笑不出来，他板着脸："说慢点，我怕背不住。"

程霜白他一眼："我去了新加坡，做检查，等报告，做手术，再复查。一年又一年，待的地方只有医院和家。我说就算死，也不能当个文盲死了，于是爸爸请了家教。做作业的时候，我想着，你是不是上初中了，是不是上高中了，有没有遇到野蛮的女孩子，还记不记得我？"

她悠悠地说："我居然活着，一直活着。二十岁那年，妈妈跟我开玩笑，介绍男孩子给我。我想，自己永远不知道能否有明天，突然死了，男孩子岂非很伤心？那我多么对不起他。"

瞥了眼傻看着她的刘十三，她嘿嘿一笑："我想来想去，要是我的男朋友是你，那就不会觉得对不起了。然后呢，二十岁生日前，我又溜出去了。

"你的地址，小姨告诉我的。谁知道啊，我带上所有积蓄，漂洋过海去看你，跑到你上大学的城市，你居然真的不记得我了！"

程霜气鼓鼓，刘十三嘿嘿挠挠头："你不也没认出来。"

程霜哼了一声，说："你这个白痴，果然被别的女孩子欺负，那我要罩着你嘛，本来想把那个女孩子打一顿，怕你不舍得，就送你去见她。

"只是我爸妈来得太快，来不及跟你告别，就被他们抓到带回去。"

刘十三轻声问："你是不是不能出医院？"

程霜点头："那当然，天天得去。这辈子我就出来过三次，一次四年级，一次二十岁，还有一次，就是这趟啦。真好呀，每次都能找到你。"

刘十三微微发抖，眼眶酸了，他没想到，开朗的程霜从没接触过外面的世界，他更没想到，她每次冒险，都为他而来。

程霜满不在乎，得意地说："放心，这次不是偷溜出来的，吃药没意义了，手术安排在四月，所以放我自由行动。"

四月。刘十三心一颤。他不敢看程霜，他知道，失去这个女孩的时刻，似乎越来越近。

程霜拍拍裙子，裙褶里掉落花瓣，她站直，含泪笑对刘十三："所以，我要走啦。"

说完这句话，女孩的眼泪控制不住大颗大颗滚落。

刘十三呆呆的，他不能说别走。

女孩哭着说："你不许跟我一起走，不许，如果手术失败了，我死了，我会觉得对不起你。"

她哭得上气不接下气："可是我走了，你怎么办，谁给你送饭？谁帮你找资料？你这么没用，废物一样，你发誓，你给我发誓，你会好好吃饭……"

程霜从没这么哭过，球球被带走，外婆去世，雪夜爬到山顶，她都没哭得这么惨，因为她再难过，都惦记着，要安慰刘十三，一切会好的。

她哭着说："你又懒，又傻，脾气怪，说话难听，心肠软，腿短，没魄力，也就作文写得好点，土了巴叽，他妈的，我怎么会喜欢你，可我就是喜欢你……"

曾经另一个女孩，两年前平静地对刘十三说，你挺好的，什么都不用改，你是个好人，但我们不适合。

刘十三拨开她沾在脸上的发丝："你这么哭，好丑啊。"

程霜又哭又笑："你才丑，你丑出天际，世界第一丑。"

刘十三说："我这么差劲？"

程霜点头："对，你很差劲，一无是处，可我就是喜欢你，从小时候开始就喜欢你。"

刘十三向着桃花树举起手掌："我会好好地吃饭，睡觉，活下去，活得越来越好，好到不得了。"

听完他的誓言，女孩蹦蹦跳跳到门口，转身，说："最后两句话。第一句，别来找我，如果我活着，肯定会来找你，不管你在哪里，我都会找到你。"她伸手比画，双臂张开，"因为你呀，是我生命中那么亮那么亮的一缕光。"

女孩对刘十三露出明媚的笑容，笑容耀眼："第二句，如果下次再相见，我们就结婚吧。约好了？"

刘十三用力点头，无比郑重："好。"

程霜离开的时候，春风穿过云边镇，花瓣纷飞，好像幸福真的存在似的。

7

辞职之后，刘十三申请到给福利院当义工的资格。负责他的春姐知道他跟球球的关系，叮嘱他："如果义工表现出对某个孩子的偏爱，会伤害到其他孩子。"

刘十三点头答应，偷偷跟球球这么说过，两个人便有默契，在旁人眼里只是普通的友好。

趁其他小朋友没注意，刘十三会朝球球挤眉弄眼。小丫头郁郁不乐的脸上，这时才能浮现出淡淡的笑容。

一次球球在走廊喝酸奶，刘十三在廊下除草，两人都没看对方，低着头聊天。

"来这里之前，镇上的小孩说我是神经病的女儿，杀人犯的孩子。我爸爸明明没杀人，但他真的不对，真的犯法了，所以我也不会和他们打架。"

如果有人路过，只会看到球球捏着酸奶盒子，小腿在走廊栏杆上一荡一荡，自言自语着什么。

她身后戴草帽的青年义工停下工作，他听到，球球第一次主动提起王勇。

球球吸溜一口酸奶："到这里虽然吃不饱，可没人会说你。好多小孩连爸妈都没见过，身体还不好。比起他们，起码我没生病。"

刘十三迅速抬头瞥了下球球，七八岁的小女孩，表情成熟得如同大人，她说："所以你不要担心啦，难道你一直在这儿陪着我？义工不赚钱的，你要是变成穷光蛋，我可不管你。"

刘十三扶扶草帽，埋头继续除草："拉倒吧，我来第一天，是谁高兴得直哭？再说，义工服务期只有一个月，我下次来只能明年咯。"

听完这句话，球球沉默会儿，跳下栏杆，气呼呼地把空酸奶盒丢进垃圾桶，一溜小跑走开。

刘十三在的一个月，球球的表现出乎意料。原以为小霸王到了孩子堆，肯定作威作福，结果她不吵不闹，甚至还被别人欺负。

食堂发饭，球球的餐盘被另一个小朋友碰掉。她还没说什么，小朋友先哭起来，喊来保育员，说球球拿盘子丢她。

刘十三忍不住想出来做证，球球微微冲他摇头，跟保育员说对不起，是她没端稳餐盘。

保育员教育几句，拉着那个哭的小朋友坐到另一桌。

刘十三重新拿餐盘给球球，扣上一份白菜炒肉，低声问她："为什么不说实话？"

球球仰脸看他，露出让他心酸的笑容："要是跟他吵架，以后怎么办？你又不会一直在这里。"

刘十三懂了，从球球进福利院那天开始，她就再也没有靠山，没有亲人，所以她必须懂事，小心地保护自己。

他走的那天，小姑娘一节课都心不在焉，不停往窗外看。

刘十三收拾好东西，正要走出校门，春姐来告别，递给他一张纸，是球球写的第一篇作文。

春姐说："老师让小朋友们写喜欢的动物，别的孩子写小猫小狗，你猜球球写的什么？"

球球写的是刘十三。

"我最喜欢的动物叫刘十三，他个子不高，非常穷，长得有点帅。"

春姐笑开花："她居然写你，哈哈哈哈，她一定特别喜欢你。我把这篇作文留下来，给你做个纪念吧。"

刘十三谢过春姐，跟她挥手告别。

8 /

刘十三头靠车窗，手里拿着一张纸，放在腿上。他闭着眼睛，车子一颠一颠，开向远方，一滴泪水滴落纸张。

这个动物很奇怪，他家开小卖部，经常给我带好吃的。小卖部在山里，就像住在了云朵边上。小卖部里还有太婆，和另外一个动物，我也很喜欢，叫程霜。

我爱你，

你要记得我。

Chapter

16

我爱你

1 /

盛夏海滨，刘十三平躺沙滩，寄宿的这家旅馆前台说，这儿少有游客来，沙子细腻干净，是个安静的好地方。

他常常带罐啤酒散步，双脚伸进浪花，走到傍晚，会有居民遛狗，卷毛小狗吠叫着扑腾，主人脚步悠闲。

不去海边的时间，他在民宿咖啡区写东西。

前台小妹好奇，问："你好严肃哦，是作家吗？"

他摇头："我是保险业的，度年假。"

小妹说："哦，那你写报告啊，是不是业绩太差，我看你经常写哭的啦。"

刘十三笑了："我虽然卖保险，但想试试写小说。"

小妹不再打听，旅行的文艺青年很多，刘十三最不文艺，居然卖保险。

他脱离工作一个多月，在这边住了两周，打算结束后找新公司。其间他走遍这座海边小城，碰到老房子，他都会停顿下来，进去晃悠半天。买了很多次凤梨酥，没见到老李头。

年轻人机车飞驰，夜市小吃香喷喷，情侣吵架，女孩带着哭音大喊，男孩吼回去，片刻后男孩紧紧搂住女孩，哭声变成呜咽。嚼一嚼槟榔，咬一口莲雾，冰茶透心凉，棋盘脚真的夜里开花。刘十三想知道，在这样的城市结婚，生活，离开，那会是怎样的呢？

是不是像隔着山和海的一个梦？

终于，刘十三写完了，结账准备离开。前台小妹好奇地问："你写完了哦？"

"写完了。"

"那你后面寄给我一本，会不会太麻烦？"

"不会。"

他记下小妹妹的联系方式，小心夹进背包。

2 /

二〇一七年农历八月十五，雨后的山林生机勃勃，一道彩虹扎根天边。世间万物都是有故乡的，刘十三伫立在他诞生的院子，和外婆说，感觉有人在想我们。

他经常说这句话，这次无人应答。

刘十三回过头去，望见堂屋空荡荡。老房子的木门刻着一行字：王莺莺小气鬼。

左手边厨房门开着，灰白的灶头热一壶开水，在他眼中，恍惚有个小孩站在板凳上，努力挥舞锅铲，想炒一盘青菜，外婆进货回来，可以给她吃。

风吹过，院门吱呀打开，清凉的水汽贴住他脸庞。他回来了，中秋要回来的。云边镇的秋天，清爽又迷人。

刘十三对着桃树说，你不在啊王莺莺，那就是你在想我了。

然后他的眼泪一颗一颗掉下来，说，我也很想你，外婆。

3

书店上架一本新书，尽管并没有多少人关注，偶尔也有人拿起，读到山里有个小镇，叫作云边镇。扉页写着：为别人活着，也要为自己活着。希望和悲伤，都是一缕光。总有一天，我们会再相遇。

智哥发消息，邀请他去南京："正好我要开演唱会，你就签名送书，算是文艺界共襄盛举。"

刘十三惴惴不安："开演唱会？人很多吧，我带多少本合适？"

智哥算了算，回复他："多带点，起码五十本。"

刘十三去福利院申请，被批准带着球球过周末。他牵着欢天喜地的球球，走到上海路，酒吧不大，只能容下四五十人。

八点半左右，已经爆满。下班的中年男人，附近的大学生，美丽的女白领，举着杯子，大声聊天。智哥是谁？很有名吗？不重要。酒吧常客说，这驻唱的家伙有两把刷子。

智哥唱起了歌，歌名《刘十三》。

我有个朋友叫刘十三，

他的日子很平淡。

刘十三成绩不好，

爱情被埋葬。

刘十三拼命工作，

吃嘛嘛不香。

卖卖保险写写书，

未来那么长。

蝴蝶死在路上，

云边藏着念想。

有些人刻骨铭心，

没几年会遗忘。

有些人不论生死，

都陪在身旁。

相爱一起打算，

重逢不必计算。

那么多年都算了，

人算不如天算。

喝一杯酒，

我们两两相忘。

写一封信，

我们地老天荒。

朋友你别怕，

脚步别停啊，

生活未完待续，

一定跟得上。

哎呀呀，我的朋友刘十三。

刘十三，刘十三，

活着就不能算失败。

刘十三，刘十三，

你不会就这么完蛋。

曲调简单，人们喝着啤酒，左右摇摆，一起跟着大声唱："刘十三，刘十三，活着就不能算失败。刘十三，刘十三，你不会就这么完蛋。"

角落几个女孩唱着唱着，眼角有泪，不知道想起了谁。人们忘我地干杯，大声高唱，满场都是整齐的呐喊："刘十三，刘十三，活着就不能算失败。刘十三，刘十三，你不会就这么完蛋……"

球球问："爸爸，他唱的是你吗？"

刘十三搂住她："算是，也不是。"

4

二〇一八年一月二十九，刘十三落地新加坡，旅行箱内衣服压着几本书。按罗老师给的地址，到了肯桥路。刘十三脱了厚重外套，这儿二十多摄氏度，天空一碧如洗，大街上都是黄皮肤的人走动。

按着罗老师的微信定位地址，刘十三走进公寓。开门的是位文雅的中年妇人，眼角带着纹路，依旧是好看的杏仁眼，跟程霜的眼睛一模一样。

"你是……"

刘十三紧张地鞠个躬："阿姨好，我叫刘十三，程霜的朋友，想给她过生日。"

中年妇人微笑着看他许久，轻轻柔柔地说："你就是她生前一直提起的刘十三啊。"

刘十三眼圈突然红了。

中年妇人说："你不听话哦，她不是让你别找她吗？"她眼中泪光闪烁，"我跟她打赌，你一定会来，看来我赢了。"

"她给你留了东西。"程霜妈妈指着客厅中央挂着的画。

那幅画刘十三进门第一眼就看到了。

"最后几天她拼命画，她说，画的名字叫《一缕光》。我不明白这个名字的意思，她说你肯定明白。"

刘十三当然明白，他站在画前。

那是幅水粉画，矮矮院墙，桃树下并肩坐着两人。斜斜一缕阳光，花瓣纷飞，女生的头微微靠在男生肩膀上。

现实中他们没牵手。而画中的女孩，牵着男孩的手，阳光下的幸福美好到看不清。

画下方，用钢笔写了几行字，字迹娟秀，仿佛透着笑意：

生命是有光的。

在我熄灭以前，能够照亮你一点，就是我所有能做的了。

我爱你，你要记得我。

☁ 全文完

Epilogue

后记

谢谢你能读完这本小说。

写给我们内心卑微的自己，

写给我们所遇见的悲伤和希望，

和路上从未断绝的一缕光。

写给每个人心中的山和海。

写给离开我们的人。

写给陪伴我们的人。

写给我们在故乡生活的外婆。

我们下次再见。

图书在版编目（CIP）数据

云边有个小卖部 / 张嘉佳著 . —长沙：湖南文艺
出版社，2018.7
ISBN 978-7-5404-8764-5

Ⅰ. ①云… Ⅱ. ①张… Ⅲ. ①长篇小说—中国—当代
Ⅳ. ① I247.5

中国版本图书馆 CIP 数据核字（2018）第 118592 号

上架建议：畅销·小说

YUNBIAN YOU GE XIAOMAIBU
云边有个小卖部

作 者：张嘉佳
出 版 人：曾赛丰
责任编辑：薛 健 刘诗哲
监 制：毛闽峰 李 娜
特约监制：刘 霁
特约策划：李 颖 由 宾 张 璐
特约文案：王苏苏
营销编辑：吴 思 霍 静 杨 帆 周怡文
版式设计：利 锐
封面设计：尚燕平
书籍插图：瓜 里

出版发行：湖南文艺出版社
　　　　　（长沙市雨花区东二环一段 508 号　邮编：410014）
网　　址：www.hnwy.net
印　　刷：北京嘉业印刷厂
经　　销：新华书店
开　　本：880mm × 1230mm　1/32
字　　数：215 千字
印　　张：10.25
版　　次：2018 年 7 月第 1 版
印　　次：2018 年 7 月第 1 次印刷
书　　号：ISBN 978-7-5404-8764-5
定　　价：42.00 元

若有质量问题，请致电质量监督电话：010-59096394
团购电话：010-59320018